Jean-Jacques Amar

Demain sans ténèbres

Roman

LE LYS BLEU
ÉDITIONS

ISBN : 979-10-377-4476-0

Avertissement

Bien qu'inspiré de faits et lieux réels, ce récit est une pure fiction.

Les personnages en action sont issus de l'imagination de l'auteur.

Jette ton pain à la surface des eaux car avec le temps tu le retrouveras.

Livre de l'Ecclésiaste, La Bible

Avant-propos

À mes petits-enfants, dans l'ordre d'entrée en scène :
Giulia, Fabio, Benjamin, Yaelle

La guerre est une horreur
L'amour est un bonheur
Je leur souhaite de ne jamais connaître la première,
Mais de baigner autant que faire se peut dans le deuxième.

1
Un après-midi de juillet 2006

Il fait un temps superbe en ce début d'après-midi de juillet 2006. À Vichy, l'atmosphère est moite dans l'étude notariale de Maîtres V. et S. associés. Près de la zone thermale, des curistes et touristes ont élu domicile sous les arbres du parc pour une sieste réparatrice.

Charlotte, vingt ans, est excitée comme une puce, elle ne tient pas en place. Elle surfe sur son smartphone au grand dam de sa maman qui lui fait part de son agacement, mais rien n'y fait. Elle est heureuse. Il faut dire qu'elle a réussi avec brio sa troisième année d'université en sciences physiques, *ceci lui donne quelques droits*, pense-t-elle… Son père François, portant costume d'été crème, professeur de droit pénal des universités, est fier de sa progéniture. Il sourit lui aussi à la vie, d'autant que son fils, premier-né, vient de réussir brillamment sa sixième année de médecine. Ajoutez une jolie femme prénommée Marianne, documentaliste à l'université Paris V, élégamment vêtue d'une robe à motifs et voilà, ce jour, le tableau idyllique d'une heureuse tribu française.

« Vous avez réalisé une belle affaire en achetant ce bien dans notre région, confirme le jeune notaire, tout en finissant de remplir les différents documents destinés à officialiser la vente.

— C'est vrai », renchérissent en chœur la présente propriétaire et ses neveu et nièce venus l'accompagner et l'assister.

Camille a confié la gestion de son patrimoine aux enfants de sa sœur. Depuis le début de l'année, elle a élu domicile aux *Fleurs Bleues,* la résidence pour séniors du village. Sa maison chargée d'histoire est devenue vraiment trop spacieuse pour elle. Elle a cependant fait l'effort de se déplacer pour la signature de l'acte authentique ce jour. Comme pour passer un message, elle a longuement serré la main de la jeune Charlotte. Elle ne la quittera pas des yeux tout au long de ce temps passé à l'office notarial. Elle en a des choses à raconter et elle se dit qu'elle la reverra.

À la sortie d'un village près de l'Allier, la bâtisse du début du siècle dernier se situe dans un écrin de verdure avec un jardin potager, un verger et des arbres centenaires qui permettent à ses habitants de vivre tranquilles. Le village est calme et accueillant, offrant des commodités, des services publics et une auberge réputée à quelques encablures de la demeure. Cette région est chargée d'histoire, en particulier d'épisodes du dernier conflit mondial.

« Vous serez bien pour vous reposer, lire dans le parc ou écrire dans une des chambres dont la vue porte au loin vers la campagne environnante. Vous pourrez apercevoir les méandres de l'Allier et entendre, quand le vent est de sortie, son doux murmure. Et, si vous êtes pêcheurs, notre rivière sauvage offre un cours d'eau poissonneux », suggère Yves, le neveu de la propriétaire.

Était-ce pour faire durer le plaisir ? Maître S. relève la tête et entreprend de procéder, comme il se doit, à la lecture de l'acte authentique.

« Ce jour, en l'étude de Maîtres V. et S. associés, il est procédé à la vente d'un bien immobilier, dit La Bastide, sis sur la commune de St G. des F…

Sur un terrain boisé et clôturé de 2 000 m^2, ce bien comporte une habitation principale de 200 m^2… le tout équipé de meubles en chêne… et deux dépendances habitables présentes sur le terrain… un garage à l'entrée pour trois véhicules. Tous les appareils de production de chauffage ou de climatisation ont satisfait au contrôle technique.

Cet ensemble est proposé au prix ferme et définitif de 600 000 euros. »

Pendant la lecture de l'acte et, alors que l'assistance demeure concentrée, attentive aux termes ainsi prononcés, la jeune fille envoie un texto à Sandrine, sa meilleure amie, *Il est trop mignon le jeune notaire !* La réponse ne se fait pas attendre et, sur le même ton badin, elle lit à son tour, *Je te reconnais bien là ! Bisous.*

Chaque partie prenante procède à la signature, avec sérieux et application. Par la fenêtre entrouverte, on peut percevoir le bruissement du vent dans les arbres, une voiture démarre dans le lointain. *Cela doit être agréable de travailler dans une ambiance feutrée et dans cette ville de province, loin de l'agitation parisienne,* se dit Philippe, le frère de Charlotte. Il a à ce moment-là une autre pensée, plus émue, pour un de ses condisciples qui rêve de devenir médecin généraliste dans une ville bourgeoise comme Vichy.

Les paraphes apposés, Camille et ses représentants remettent trois trousseaux de clés aux nouveaux propriétaires puis commencent à leur donner des informations sur le village. Ils y vivent eux-mêmes. Ils possèdent en outre les différents magasins de graines et accessoires de la région ainsi qu'un petit complexe industriel de production bio en pleine campagne. L'octogénaire se contente de sourire. La charge émotionnelle de la transmission de son bien à un nouveau propriétaire est perceptible, plus d'une fois la jeune Charlotte observe qu'une larme commence à perler dans son regard. « N'hésitez pas à venir nous voir pour prendre l'apéritif et, surtout, visiter la région ! Les villages aux alentours sont pittoresques, il y a de charmantes auberges. Et, si vous êtes amateurs de golf, le parcours est à moins de dix kilomètres du village. Le complexe sportif avec piste d'athlétisme et terrains de tennis est géré par le club, aux alentours du 15 août un tournoi est organisé », leur propose Yves.

Camille et Jeanne, sa sœur cadette, sont les seules héritières d'une riche famille de la région. Leurs aïeux, catholiques pratiquants et défenseurs de la tradition, avaient réussi dans le commerce de graines pour l'agriculture. Devenus représentants d'entreprises internationales, ils employaient une centaine de personnes de la région. L'aînée avait reçu cette propriété en cadeau pour son mariage

« Vous recevrez les copies d'acte authentique d'ici six mois », précise le jeune notaire. Ils se saluent courtoisement et chacun se dirige vers son moyen de locomotion pour rejoindre, qui le bien fraîchement acquis, qui la Résidence *sénior* et pour les autres enfin, leur entreprise ou demeure. En sortant, elle adresse une invitation entourée de mystère et couverte du voile invisible de la complicité, « Tu viendras me voir aux Fleurs Bleues, ça me fera plaisir. » Un peu émue et non moins surprise, l'étudiante acquiesce de la tête.

« C'est décidé, ce soir nous testerons l'Auberge de la Vallée pour le dîner. En attendant, en route pour notre nouvelle demeure ! » affirme le chef de famille. La route fleurie, tout en détours, les conduit du centre de Vichy jusque *chez eux*. Trente minutes plus tard, ils aperçoivent, dès l'entrée du village, une maison identique à la leur. Dans le miroir du rétroviseur, ils croient voir la voiture du neveu franchir le portail d'entrée. Ils traversent le bourg, se dirigent vers leur nouvelle résidence qui apparaît au détour d'un virage. Elle est là, dans son écrin de verdure. François se range sur le bas-côté et ouvre la grille permettant l'accès à la propriété. Le portail bien entretenu s'ouvre lentement. La voiture avance et suit le chemin tapissé de gravier pour s'arrêter devant le garage. Tout le monde descend et observe longuement la bâtisse. Ils s'approchent d'un même pas de la porte en bois vernie, faisant ainsi remonter de leur mémoire collective les souvenirs de leur première visite douze mois auparavant. Le chef de famille introduit la clé dans la serrure et la tourne trois fois dans le sens inverse des aiguilles d'une montre puis pousse sur le battant qui pivote sur ses gonds, sans faire de bruit. Ils entrent sans précipitation dans le grand hall, soulignant leur volonté de respecter l'endroit. Il leur semble que la vieille dame est là, devant eux, guidant leurs premiers pas. Les meubles en chêne fraîchement cirés les accueillent en embaumant la demeure. Machinalement, le nouveau propriétaire pose sa clé dans un plateau en cuivre posé sur le meuble de l'entrée. La maison, entièrement équipée, n'attend plus que ses nouveaux hôtes. Dès la première visite, Camille leur avait dit : *vous, vous achetez un bien immobilier. Moi, je vous offre une ambiance et des souvenirs de mon cœur.* Ils ralentissent, craignant de réveiller un quelconque invité, invisible ou endormi. Charlotte, avec sa vitalité coutumière, rompt le silence. « Mmm, les vacances vont être sympas dans cette demeure, je vais choisir ma chambre !

— Doucement, petite sœur, n'oublie pas que je suis ton aîné !

— Eh bien moi, je vais rendre visite à la cuisine », enchaîne la mère.

François, sans mot dire, dépose son ordinateur portable sur le bureau. Il ouvre les volets avant de décharger son véhicule. Les pièces invitent le soleil de l'après-midi d'été à apporter lumière et douceur de vivre. Cette bâtisse est saine, bien qu'inhabitée depuis plusieurs mois, aucune odeur de renfermé ou trace d'humidité ne se manifeste. Philippe enclenche la manette des disjoncteurs différentiels et la fée électricité entre en scène dans l'habitation. Le système de climatisation automatique se met à ronronner, le réfrigérateur dans l'office signale que les portes sont ouvertes. Je crois que nous avons investi dans une belle et bonne affaire, déclare d'un ton docte le nouveau propriétaire. Cette dame est vraiment attachante, son regard est singulier. Sur la table de l'immense salle de séjour trône un bouquet de fleurs fraîchement cueillies, de lourds rideaux masquent les baies vitrées installées pendant les dernières années du siècle passé. Et, juste à côté, se trouve une belle enveloppe grise, de celles qui contiennent beaucoup de choses. *Mes chers amis…* L'écriture du temps passé, des pleins et des déliés indique que le scripteur s'est appliqué avant d'écrire quoi que ce soit. Dans une des niches de l'immense buffet en chêne massif, posé sur un napperon brodé de caractères inconnus, un chandelier en cuivre à sept branches attend la lumière de vie. Le père se saisit de l'enveloppe et la dépose sur son nouveau bureau. On verra bien demain. Ce soir, dîner en ville et découverte de notre bien ! Il a aussi repéré un fauteuil en cuir bien placé devant l'écran plat.

Chacun met de l'ordre dans sa tenue : coup de peigne pour Charlotte et sa mère, les hommes, quant à eux, considèrent qu'ils sont *tout à fait* présentables. Et, s'étant assuré de la fermeture des fenêtres, François connecte l'alarme. Ils arrivent vers dix-neuf heures trente à l'auberge, le cadre est accueillant. Sur la façade trône une diligence en modèle réduit, elle pourrait ressembler à celle de *L'affaire du Courrier de Lyon* d'Alain D. et Robert H. L'entrée de l'établissement est fleurie. Sur une partie de la façade, un panneau renferme sous verre les informations concernant les spécialités et les menus proposés à la dégustation. La communication du restaurant fait mention de deux étoiles accordées par le guide Michelin et le célèbre Gault et Millau de l'année précédente au maître de céans et à son équipe. Une jeune femme, sourire aux lèvres, discrètement maquillée et élégamment vêtue de noir, les accueille. Philippe ne peut s'empêcher de lui retourner son sourire. Elle est très belle. Comme à son habitude, son cerveau se met à sonder sa mémoire de travail pour arriver à la conclusion suivante : visage doux et avenant, silhouette de rêve, démarche mesurée, gestes empreints de retenue, peut-être comme Camille à vingt ans ? Cette manager va leur faire découvrir une partie de la gastronomie auvergnate. « Je vous propose de vous installer sous la tonnelle. Le temps est agréable et la fraîcheur du soir ne se fera sentir que vers vingt-deux heures trente. » Le Chef, dans sa tenue d'apparat, liseré tricolore autour du col, vient les saluer. « Je vous confie à Maéva, notre Guest manager. Elle saura vous guider dans vos choix de plats et Bernard, notre sommelier, vous prodiguera ses conseils en matière de vin. En attendant, permettez-moi de vous offrir la dégustation de ce champagne premier cru. »

Maéva, se répète le jeune homme, *si c'est elle la petite-nièce de Camille, elle s'appellerait... Maéva.* Sa sœur, toujours vive et attentive aux situations, s'approche de son oreille pendant que les autres convives prennent place et lui glisse « Eh, frérot ! Elle est top cette hôtesse », le tirant ainsi de son rêve éveillé. Un serveur dépose en face de chacun une assiette d'amuse-gueule ainsi qu'une bouteille d'eau. Et le frère de chuchoter à sa sœur « Le serveur, pas mal non plus, je te tiens à l'œil ! ». Marianne sort la première de son silence pour entamer la conversation lors de la commande. « Voyez-vous, Mademoiselle, nous sommes les nouveaux propriétaires de la Bastide, à la sortie du village. » La jeune femme, professionnalisme oblige, ne sourcille pas ; elle se contente de sourire en ajoutant : « C'est une maison de caractère. Je vous y souhaite beaucoup de bonheur.

— Et que fait-on de beau par ici ? s'inquiète Philippe avec un sourire empreint de sous-entendus.

— Le village est animé, les commerces sont divers. Il y a un cinéma, des troupes de théâtre parisiennes s'y arrêtent tous les mois. Des activités sont proposées aux sportifs, en particulier de courts couverts et une école en ce qui concerne le tennis. Et puis nous ne sommes qu'à une demi-heure de Vichy ! Demain, un marché provincial se tiendra sur la grand-place. Des maraîchers y vendent une partie de leur production… Je vous écoute, si vous avez choisi. »

François choisit du gigot d'agneau farci aux herbes de Provence et petits légumes. Marianne opte, même si ce n'est pas la spécialité de la région, pour un confit de canard. Enfin, les jeunes jettent leur dévolu sur un méli-mélo de rouget et dorade royale. Et, sans hésitation, unanimité pour le dessert à base de fraises du moment et d'un mélange de chocolat blanc et noir. « Domaine de l'île Margaux pour accompagner le repas, très bon choix, Monsieur », rétorque le sommelier quand on lui désigne la bouteille sur la carte des vins. Le dîner se déroule dans une ambiance feutrée. De nouveaux clients franchissent le seuil de l'auberge. Un couple accompagné de leurs enfants s'installe non loin des nouveaux propriétaires.

Philippe n'a d'yeux que pour ELLE, cette dernière essaie de se faire la plus discrète possible, elle lui renvoie cependant un sourire. Le père en rajoute en faisant observer que la jeune femme, de par sa manière d'officier et se comporter auprès de la clientèle, a sûrement intégré une école hôtelière de haut niveau. En plus, elle possède un potentiel lui permettant à terme de reprendre cette auberge à son compte pour la faire progresser vers les sommets de la qualité. « Eh bien, mon Chéri, tu nous épates ! Je ne savais pas que mon mari, expert en droit pénal, maîtrisait les enseignements de l'art culinaire et de l'hôtellerie vaudoise. » La famille part dans un fou rire, surtout Charlotte, qui sollicite sa maman pour un mouchoir jetable afin d'effacer des traces rebelles de mascara. À la table d'à côté, un couple sourit également. La conversation se poursuit par un débat technique entre les hommes du clan sur l'évolution de la médecine légale. Et les voilà tous les deux partis dans les débats habituels de spécialistes, observe Marianne. Sa fille, la tête dans les nuages, ou ailleurs, affiche une envie de rejoindre le royaume des rêves. Ils quittent l'auberge vers vingt-deux heures quinze, la fraîcheur du soir chasse rapidement la chaleur d'un jour d'été. Après moult formules d'amabilité et un dernier sourire échangé entre les deux jeunes, ils font la route à l'envers en direction de leur nouvelle acquisition.

Charlotte a choisi sa chambre à l'étage. Donnant sur le jardin, celle-ci est sobrement mais confortablement agencée. Elle cherche une source d'énergie pour recharger son portable. Elle se démaquille rapidement dans sa salle de bain privée, fait son lit et s'abandonne au sommeil en appréciant la fraîcheur des draps. Personne ne saura qui aura fait l'objet de ses rêves, le jeune serveur de l'auberge, ou le notaire, ou bien un étudiant de sa promotion, un certain David. L'aîné se trouve bien heureux de pouvoir s'approprier la chambre du rez-de-chaussée. Prolongée d'une terrasse, la pièce est joliment décorée : un lit spacieux, une penderie dissimulée derrière des portes au décor vieux chêne, une bibliothèque longeant le mur à côté du cabinet de toilette. Dans la partie opposée de la chambre se trouve un bureau de belle dimension, juste devant un fauteuil ergonomique. Ayant rapidement lu ses messages, il répond à ceux qui sollicitent une réponse urgente. Les suivants attendront demain, pense-t-il. Malgré l'heure tardive et le sourire de Maéva qui le poursuit, il commence à élaborer son planning des prochaines semaines : il retournera au CHU pour son stage en médecine nucléaire, plus particulièrement en interprétation d'imagerie. Il lit, pendant une heure environ, des comptes rendus d'examens pour s'imprégner de l'ambiance, de l'esprit et de l'utilité de ce moyen d'exploration. Il veut réussir et sait bien la quantité d'efforts nécessaires à l'accomplissement de cette tâche. Puis, déposant le livre à même le sol, il s'allonge et s'endort sans autre forme de procès mais avec, pour châtiment du jour (!), le sourire de Maéva… Décidément…

2
Une lettre déposée

La matinée du dimanche suivant leur acquisition passe très vite. La collation consommée, les mouvements de Qi Gong accomplis, chacun trouve rapidement ses marques et la tenue adéquate pour aller au marché traditionnel d'un village de province. Charlotte revêt un short noir et un haut de marque à trois bandes. De son côté, Philippe choisit un jean blanc et un maillot avec un petit nœud papillon sur la poitrine bien connu des aficionados du ballon ovale. Les parents optent pour une tenue classique, robe à motifs pour Madame, pantalon beige et chemise bleu ciel pour Monsieur. Chacun a préétabli un programme de visite. Celui des aînés est facile à deviner. Ils s'arrêtent devant le stand des producteurs de fruits et légumes, marchands de volailles ou poissonniers, sans oublier les apéritifs régionaux. Leur fille cherche, quant à elle, des stands de vêtements, des hauts à la mode et peut-être un pantalon sympa pour briller un peu. Mais a-t-elle besoin de la mode d'un été pour être remarquée ? devine-t-on dans le regard bienveillant de sa mère. Philippe avance dans les allées en scrutant la foule, ce serait si sympa de la revoir. Le suspense ne dure pas longtemps ! L'ayant reconnu, Yves l'approche devant un stand de charcuterie du terroir. « Alors, l'auberge du village ? Ça vous a plu ?

— Sympathique, sur tous les plans !

— C'est Maéva, la Responsable, qui vous a accueillis ? Eh bien, il s'agit de notre fille ! Elle a les traits de sa grand-tante. »

Il n'en demandait pas tant. Son cœur fait un bond mais, en futur médecin, il trouve rapidement le moyen de gérer le ballet des systoles et diastoles. Devançant sa curiosité, Yves lui apprend qu'elle vit chez eux, qu'elle a une sœur plus jeune, partie l'été pour un stage d'anglais à Londres et qu'elles se feront un plaisir de les introduire dans leur cercle d'amis ! Ils échangent leur numéro de portable avant de se saluer chaleureusement. Pendant ce temps et tout en poursuivant leurs emplettes, le père réfléchit à la lettre déposée sur la table de la salle à manger. La question est récurrente et sans réponse depuis la veille : pourquoi une vieille dame s'oblige-t-elle à écrire à ses acheteurs ? Il prendra naturellement du temps pour lire et répondre à ce courrier.

Dès leur retour, Philippe partage l'information avec sa sœur qui lui glisse à l'oreille : « Mon frère serait-il tombé en amour ? Que doit-on faire, dans ce cas, Docteur ?

— Poursuivre scrupuleusement le traitement ! »

Le déjeuner dominical terminé, le clan prend, sur la terrasse au soleil, le café accompagné de la tarte aux pommes du pays, profitant d'une belle propriété en province, au calme, à moins de quatre cents kilomètres de Paris. François se retire pour sa sacro-sainte sieste et Marianne continue de lire son roman avant d'entreprendre le rangement de leurs vêtements dans les armoires et penderies laissées vides. L'étudiant tente de poursuivre la lecture de son cours de médecine mais en vain, il a la tête ailleurs… Et le soleil, qui darde ses rayons, l'oblige à effectuer maints réglages pour optimiser son confort de lecture. *Si je veux avancer un peu, il va falloir payer le prix de l'isolement*, pense-t-il en rejoignant sa chambre. Charlotte prend à ce moment précis la meilleure décision qui soit en période de vacances, la température extérieure étant supérieure à vingt-neuf degrés. Elle enfile un joli deux-pièces, s'enduit de protection solaire, revient sur la terrasse et s'allonge sur la chaise longue pour laisser vagabonder son esprit. Celui-ci étant particulièrement malicieux, elle s'endort le temps d'un clin d'œil avant de découvrir, casque sur les oreilles, via un site spécialisé, le dernier album des Rolling Stones…

Ayant en elle tous les ingrédients de la réussite, cette famille bourgeoise gérait son équilibre interne avec bienveillance et liberté *surveillée* pour les deux jeunes adultes. S'ils avaient montré très tôt dans leur adolescence certaines aptitudes artistiques, les parents les avaient fermement encouragés à poursuivre leurs études, avant de connaître l'ivresse des planches et le halo des projecteurs ! Les échanges intra-familiaux sont en général chaleureux, ils prennent soin les uns des autres sans imposer leur volonté ou leur point de vue. Le père avait d'abord embrassé la carrière de juge d'instruction. Admis sur concours à l'École de la magistrature de Bordeaux, il avait exercé ce métier pendant cinq ans puis opta pour l'enseignement supérieur. Il avait rencontré son épouse alors que celle-ci préparait un troisième cycle universitaire de sociologie. Un mariage, des enfants, la perte d'êtres chers et les voilà aujourd'hui à la tête d'un patrimoine leur permettant de faire face aux besoins financiers des enfants. Le fils avait choisi les études médicales parce qu'il aimait la biologie. De son côté, sa sœur avait opté pour les sciences physiques après la lecture des travaux de Pierre et Marie Curie.

Vers dix-sept heures, ils se retrouvent pour un tea-time rafraîchissant sur la terrasse. Le maître des lieux se retire ensuite dans son bureau. Ordinateur portable ouvert, il planifie le suivi de ses messages, à chaque réponse il précise clairement qu'*il est en vacances*. Il prend ensuite la lettre de Camille et, après avoir ouvert l'enveloppe, dépose les feuillets sur un coin du bureau. Il se saisit du premier d'entre eux, se cale dans le fond de son fauteuil, tournant le dos à la fenêtre, il en commence la lecture.

Mes chers amis,

Cette écriture du temps passé, note François, est empreinte de grâce et de facilité, elle coule le long d'une ligne imaginaire.

Je suis heureuse que vous ayez choisi ma maison.

Aujourd'hui, je suis une femme du temps passé, d'un autre siècle, née en 1920, au lendemain de la Première Guerre mondiale, dans une riche famille bourgeoise de la région. Mon frère aîné Guillaume, aujourd'hui disparu, était né en 1914 au début du conflit et ma sœur Jeanne en 1922.

Nous avons payé un lourd tribut à cette conflagration. Deux frères de mon père ont été gravement blessés. Le premier est mort dans d'atroces souffrances au contact des gaz moutarde, le deuxième eut la jambe gauche déchiquetée par une rafale de mitrailleuse en 1916. Du côté de ma mère, la situation fut identique avec différentes blessures et de longs mois dans les hôpitaux des armées pour son frère cadet, le frère aîné de la fratrie a perdu la vue. Je l'ai souvent vue pleurer devant les photos.

Avec des mots simples, choisis, il se dégage une invitation à aller plus loin, à lire entre les lignes, peut-être à fermer les yeux pour visualiser les images émergeant d'un album de souvenirs.

Notre famille était catholique pratiquante. Elle participa à la reconstruction d'écoles près des zones de combat. Dans notre région, elle favorisa l'emploi des travailleurs saisonniers pour cultiver nos terres. Dans leur souci de prévoir l'avenir, mes parents s'engagèrent dans le commerce des semences et ouvrirent un magasin de graines et engrais pour permettre aux paysans de l'époque de cultiver leur lopin de terre.

La vie n'était pas facile après la Grande Guerre. Pour nous protéger de futures catastrophes économiques, ils insistèrent pour que nous poursuivions des études. Mon frère, ayant montré des aptitudes, fut encouragé après le lycée à poursuivre sa scolarité à l'université où il obtint un diplôme de chimie à Paris. En 1935, il y fit la connaissance d'un jeune immigré juif polonais, brillant étudiant en chimie, qui fuyait, à ce qu'il disait, les pogroms et venait de s'installer à Paris. Ma sœur s'intéressa à la littérature et à son enseignement. Quant à moi, je fus admise à l'École normale et commençai ma carrière d'institutrice à l'âge de dix-neuf ans dans notre village.

J'avais dix ans en 1930. J'entendais les adultes parler de la crise de 29, de triste mémoire. Dans les villes, des files de gens faisaient la queue pour obtenir un bol de soupe... Mon père apporta son concours à l'Armée du Salut pour la fourniture d'aide aux plus démunis.

Au fur et à mesure de la lecture, le *prof* de droit visualisait les images produites. Il avait étudié ces pages de l'Histoire. Cette femme voulait communiquer l'ambiance de l'époque peut-être.

Les années 1930 furent l'objet de spéculations et d'instabilité politique, en tous genres, pour la France et pour l'Europe. Les événements déstabilisateurs se multiplièrent à l'arrivée du nouveau chancelier Adolf Hitler à la tête du Reich en Allemagne. Il ne rêvait que de revanche militaire ! En France, le Front populaire de 1936 améliorait sensiblement le sort des ouvriers en leur accordant hausse de salaire, congés payés et réduction du temps de travail.

François dépose alors les feuillets sur son bureau et réfléchit. Cette dame, sans dévoiler les sentiments profonds éprouvés par une jeune fille de moins de vingt ans, dessinait un panorama de sa vie entre les deux guerres. Sa façon de présenter les événements l'intrigue. Fouillant dans sa mémoire, il se souvient des conversations passionnées avec son propre père… Comme de longs plans séquences, il voit défiler sous ses yeux des images entrevues dans différents médias puis étudiées dans le cadre de sa formation universitaire,

1933 : arrivée d'Hitler au pouvoir en Allemagne.

1936 : franchissement du Rhin et occupation de la zone démilitarisée au mépris du traité de Versailles et accord de Locarno.

1938 : les troupes allemandes envahissent l'Autriche, intensifient leur politique de persécution contre la communauté israélite.

L'intégration de la Tchécoslovaquie au Reich accélère et amplifie le mouvement d'immigration des Juifs de Pologne et de Tchécoslovaquie vers la France.

Les 29 et 30 novembre 1938, le Français Daladier et le Britannique Chamberlain rencontrent Hitler à Munich.

Il est alors interrompu dans son analyse par son fils. Maéva les a invités, sa sœur et lui, pour le lendemain à un déjeuner dans le bistrot du village, ils y feront la connaissance des amis présents ce jour. Il rétorque, « Je vois que vous ferez maintenant partie d'une joyeuse team. » Évitant ainsi de trop s'appesantir sur ce qu'il avait observé, l'échange complice entre Maéva et son fils, le père ajoute, comme pour s'excuser d'utiliser le véhicule familial, « Nous irons à Vichy pour faire nos emplettes et gérer le contrat de la box internet.

— S'il te plaît, peux-tu acheter des cartouches pour l'imprimante, noir et couleur ? Nous prendrons nos vélos et je me renseignerai sur les conditions de location des terrains de tennis.

— Au fait, ton oncle expédiera notre scooter, il sera bien utile ici. »

Leur échange terminé, François ouvre la fenêtre pour laisser entrer plus de lumière. Il apprécie la tournure des événements, il avait craint de voir ses enfants s'ennuyer et se refermer sur eux-mêmes. Le village retenant sa jeunesse le confirme dans ses choix. Il se cale dans son fauteuil puis poursuit sa lecture.

Au début de 1938, lors d'une réception organisée en l'honneur du nouveau chimiste, mon frère, je fis la connaissance de Bernard M., aspirant officier de cavalerie. Nous décidâmes de rester en contact épistolaire. Plus tard, j'appris que notre rencontre avait été arrangée en vue de préparer mon futur mariage avec un militaire, fils unique d'une famille bourgeoise de la région de Moulins, propriétaire de terres agricoles de qualité. En mai 1938, nous fêtions nos fiançailles au cours d'une grande fête. Il fut alors décidé que notre mariage serait célébré en février 1939.

Tout au long de cette période, on entendit des bruits de bottes résonner en Europe. Mon frère fut convoqué au ministère de la Guerre, tandis que mon père était promu Commandant de réserve auprès du commandement central. Malgré la situation chaotique, les affaires familiales prospéraient. Mes parents achetèrent deux biens similaires dans ce village, l'un pour ma sœur Jeanne, l'autre pour moi.

Les courriers que nous échangions avec mon fiancé faisaient mention des préoccupations comparables à toutes celles des jeunes de notre âge, avec leurs angoisses et leurs projets. Bernard me parlait peu de la guerre éventuelle mais il s'attachait à me raconter par le menu ses exploits sportifs ou la conduite de ses engins motorisés montés sur chenilles.

Anticipant la suite de la lettre, François se projette dans l'espace européen.

3
De Varsovie à Paris

En Pologne, après la Première Guerre mondiale, la situation des Juifs ne cessait de se détériorer, s'y ajoutaient des discriminations économiques de plus en plus pénalisantes. Dès 1930, ils sont exclus des emplois publics, puis des professions libérales en 1937. Enfin, parce qu'un numerus clausus est mis en place, même l'entrée en université est quasi impossible. Dans ce contexte, une famille de Varsovie cherche à quitter la Pologne pour la France.

Brillant enseignant chercheur en physique à l'université de Varsovie, le docteur Samuel J. entretient des contacts étroits et amicaux avec différents chercheurs et leurs équipes à Paris. D'ailleurs, la famille avait déjà fait plusieurs voyages en France et maîtrisait parfaitement la langue de Molière ainsi que celle de Goethe. Il pilote divers travaux sur les rayonnements. Grâce au soutien de ses amis français qui ont appuyé sa demande pour un poste d'enseignant à l'université, le docteur Samuel J. arrive avec femme et enfants à Paris le 15 juin 1932. Hébergés dans un premier temps par de lointains cousins, tailleurs dans le quartier du Marais, ils emménagent rapidement dans un appartement rue des Rosiers.

Le lendemain de son arrivée, il visite deux laboratoires de recherche qui acceptent sa candidature pour une période déterminée. Il se prépare également à rencontrer d'autres collègues en vue d'organiser la prochaine rentrée universitaire. À chaque fois, l'accueil est plutôt chaleureux et Samuel se sent à l'aise au milieu de ses homologues français. Le soir, sur le chemin du retour, il analyse à froid les réactions de ses nouvelles relations. Il comprend les attitudes mitigées quant à sa venue en France. Les uns voient dans sa présence un apport de connaissances nouvelles, d'autres, plus méfiants, un concurrent certain. « Comment s'est passée ta première journée ? lui demande son épouse avec une pointe d'anxiété quant à la réponse du chercheur.

— Bien, répond-il sobrement. Les membres de ces entités de recherche m'ont posé mille questions ! »

Dan, son fils âgé de treize ans, et sa sœur Déborah, de quatre ans sa cadette, attendent avec impatience certaines révélations sur la vie des Français au travail. Samuel était heureux de venir à Paris, ville de l'élégance et de la gastronomie. Et pourtant, la situation était complexe, de multiples sentiments faisaient assaut de son esprit pour s'en rendre maîtres tour à tour. En bon scientifique qu'il était, il essayait de découper chaque grand thème en mini, voire micro-situations pour construire une réponse cohérente. Ils avaient discrètement quitté Varsovie et Samuel pensait à ses étudiants. Bien qu'il n'eût pas démissionné de son poste à l'université, se gardant l'alternative d'un retour possible au cas où la greffe ne prendrait pas, il craignait les reproches de certains d'entre eux. Sur un plan plus personnel, il pensait à son père, rabbin de la communauté et commentateur reconnu des textes bibliques, avec qui il partageait beaucoup de choses. Il revivait leurs grands débats d'idées au cours desquels l'universitaire faisait part de ses doutes et d'autres interrogations face à l'homme de foi. Sur le plan politique, comme tous ses collègues de confession juive, il s'interrogeait sur le devenir de leur communauté sur la terre de Pologne. Il suivait avec attention l'évolution du mouvement sioniste initié par le journaliste austro-hongrois Théodore Herzl à la fin du XIXe siècle.

Le temps de la prière du soir s'approche à grands pas. Samuel a une pensée émue. *N'oublie pas d'où tu viens ni qui tu es, enseigne-le à tes enfants*, telle fut la dernière recommandation qu'il reçut avant de monter dans le train en direction de Paris via Vienne. Ce soir, le dîner est animé. Samuel essaie de répondre en français aux interrogations de ses enfants. « Le laboratoire dans lequel tu travailles, est-il plus grand que celui de Varsovie ? demande Dan.

— Non, mais il y a beaucoup de chargés de recherche.

— Est-ce que des chercheurs parlent yiddish ? s'enquiert Déborah.

Réprimant un petit rire devant la candeur de sa fille, Samuel lui rétorque :

— Je pense que non, mais ce n'est ni le lieu ni le moment pour parler yiddish.

— Nous irons bientôt voir la tour Eiffel ? renchérit Déborah.

— Peut-être dimanche, si le temps est clément, consent Samuel.

Devant cette avalanche de questions, son épouse intervient :

— Bon, les enfants, votre père est fatigué ! Allez donc lire les livres que vous avez choisis pour venir à Paris. »

Fille cadette d'un riche tailleur de la communauté de Samuel, Aviva, son épouse, avait étudié le violon et raté de peu le Premier prix de Conservatoire à Varsovie. Elle y exerçait son métier en tant que professeur et donnait des cours pour la haute société polonaise. Douce, élégante et polyglotte, elle était remarquée par les hommes qui appréciaient sa compagnie et se retournaient sur son passage. Après le dîner et alors qu'il dégustait son café, Aviva s'approche de Samuel et lui prend la main : « Je sais qu'il y a dans ton esprit de multiples interrogations, elles s'affrontent et te tourmentent. Je pense que nous avons vraiment fait le bon choix. La situation de nos coreligionnaires risque de ne pas s'améliorer en Pologne et je partage tes inquiétudes pour nos proches. Nous devrions peut-être interpréter notre venue en France comme un signe. Je suis persuadée que tu pourras apporter de nouvelles connaissances dans le cadre du projet de recherche des laboratoires français. » Samuel lui sourit puis dépose un baiser sur ses lèvres. Après avoir cherché dans sa sacoche divers documents, il ajuste ses lunettes et entame la lecture de ces derniers.

L'été 1932 et les deux années qui suivirent se déroulèrent sans grand problème. Samuel trouva ses marques dans les deux laboratoires, il y apporta son expertise et préparait en même temps les programmes universitaires à Paris. Dan grandissait et manifestait déjà son intérêt pour les travaux de son père. Les mathématiques avaient sa faveur. Déborah, quant à elle, devenait une enfant intelligente et ouverte aux autres. Dans le quartier du Marais, elle avait rencontré une jeune fille qui venait de Lodz. Et Aviva, dans sa volonté de s'intégrer au sein de la société française, enseignait la pratique du violon aux enfants de la haute bourgeoisie de l'époque. Elle s'efforçait de masquer son accent. Réunie, la famille en profitait pour s'exprimer en yiddish et rire des postures de leurs semblables. Ils fréquentaient un lieu de prières dans une rue parallèle à leur domicile. Comme chaque été, Paris et les Parisiens cherchaient de la fraîcheur, les parcs et jardins étaient fréquentés avec assiduité. Les gens manifestaient un certain fatalisme devant l'instabilité politique qui régnait dans le pays.

Dès 1934, des crédits destinés à la Recherche furent suspendus sine die, Samuel perdit ainsi une partie de ses revenus. Il continua cependant à collaborer avec ses laboratoires mais préféra, pour réussir son intégration, se consacrer à l'enseignement universitaire. En 1936, le Front populaire génère une vague d'espoir. Les masses laborieuses de l'époque voient leur sort s'améliorer suite aux accords de Matignon.

Dan a maintenant dix-sept ans. Les bachots obtenus brillamment, il se destine à entrer à l'université pour suivre, si possible, la voie ouverte par son père. Bien sûr, il s'intéresse aux filles, côtoie de nombreux amis non juifs, les blagues antisémites de certains le laissent même indifférent. Il entretient une correspondance suivie avec son grand-père qui, depuis la Pologne, l'exhorte à étudier les textes de la Bible. Il veut être naturalisé français, et ça, ses parents ne s'y attendaient pas. Leurs rapports connaîtront des moments d'incompréhension mutuelle au fur et à mesure que la situation des Juifs d'Europe se détériorera. *Je veux embrasser une carrière de chercheur comme toi !* déclarera-t-il à son père en juillet 1939 à la veille de la guerre. Son aisance et sa volonté d'aller vers ses semblables lui ont ouvert la porte des voisins de l'étage inférieur. La fille de ces derniers était une des rares filles à poursuivre des études universitaires, ce qui la rapprochait de Dan.

4
1940

La missive de Camille subjuguait François, il se presse alors de poursuivre :

Promu lieutenant de cavalerie, mon fiancé avait reçu le commandement d'un peloton de chars. C'est à son bras que je ressortis de l'église de Vichy en février 1939 sous *une haie d'honneur formée par ses condisciples de l'école des officiers, l'église du village étant trop exiguë. Parmi les invités connus et les anonymes, chacun s'accordait à voir dans la nouvelle situation en Europe des signes positifs de détente. Mais quand j'observais mon père, son visage présentait deux facettes. Jovial et enjoué lorsqu'il s'adressait aux femmes, multipliant les courbettes et faisant assaut d'amabilité et de courtoisie à leur égard, son expression se raidissait quand il communiquait un tant soit peu avec les hommes exerçant des responsabilités militaires ou appartenant aux classes dirigeantes de la société civile.*

Cinq jours après notre mariage, Bernard fut appelé à rejoindre son régiment stationné dans l'est de la France dans le cadre de manœuvres de printemps. Je restai donc seule dans cette grande bâtisse. Je commençais à élaborer des plans d'aménagement. Ma mère et ma sœur me rendaient visite presque chaque jour.

En plus de son activité professionnelle, mon père se rendait souvent au Ministère à Paris. Il en revenait avec une certaine appréhension quant au futur, Prague avait cédé le 15 mars 1939.

À ce moment précis, le lecteur pose les feuilles sur sa table de travail. Il retire vivement ses lunettes et, comme s'il cherchait une position de combat, il se lève puis fait quelques pas dans la pièce, il aurait voulu claquer portes et fenêtres mais se retient. Dix-neuf heures quarante-cinq, une voix l'interpelle, « François, le dîner sera prêt dans dix minutes. Peux-tu rameuter ton monde, s'il te plaît ? ». Il interrompt sa lecture. Il aimait la voix de sa femme, celle-ci avait les tonalités pour le sortir de son royaume d'études. Il remet la lettre dans l'enveloppe et décide que c'en est fini pour aujourd'hui. « Eh ! tous les deux ! Allez voir si votre mère a besoin d'aide dans la préparation du dîner. Moi, je vais chercher une des bouteilles de vin que nous avons achetées au marché ce matin. » L'universitaire en congé aimait les bonnes choses, en particulier les bons vins. À l'époque de son séjour à Bordeaux, il s'était lié d'amitié avec un étudiant, fils d'un propriétaire de grands crus, et il avait appris le cérémonial de dégustation du vin. Philippe a un petit sourire en coin, accompagné d'un regard complice vers sa sœur. Leur père ouvre la bouteille acquise du jour et en verse un peu dans le verre à pied situé devant lui. François observe la couleur qu'offrent ses reflets. Le vin lèche les parois du verre, les larmes sont grosses ; ensuite le verre à son nez, il hume son parfum puis l'agite doucement pour lui permettre de saisir ses arômes. Il prend ensuite une gorgée en bouche et… aspire l'air plusieurs fois…

Il repose le verre et déclare : « Ample, brillant, il a du talent ! déclenchant ainsi l'hilarité générale parmi les convives suivie d'applaudissements.

— Je ne savais pas que mon papounet maniait la procédure de dégustation du vin aussi bien que le code de procédure pénale, se moque en souriant la benjamine.

— On ne rigole pas avec ces choses-là ! Ton père peut te mettre en examen pour gourmandise aggravée !

Le ton est donné, celui d'estivants bien dans leur peau, et qui plus est, dans leur nouveau pavillon !

— J'ai commencé à lire la lettre de Camille. J'ai l'impression de visiter un livre d'Histoire, même mieux, de rencontrer des témoins de la Seconde Guerre mondiale. Je me suis arrêté en 1940.

— Je comprends mieux ton silence au cours de l'après-midi », observe Marianne.

Le dîner consommé, chacun poursuit ses activités avant de se retirer dans son pré carré. François a demandé à recevoir sur son lieu de vacances la centaine de copies d'examens à corriger. Il doit aussi rendre un avis éclairé sur une nouvelle réforme de la Justice ayant pour objet *L'évolution dans le temps des droits de la défense en période d'état d'urgence*. Les lumières de la belle demeure déclinent puis s'éteignent entre vingt-trois heures et zéro heure quinze.

Ce nouveau lundi de juillet ressemble comme deux gouttes d'eau au jour précédent. Il fait beau dans ce village de l'Allier. Charlotte est réveillée par un signal sur son smartphone, elle croit reconnaître le chant d'un oiseau. Elle se lève, enfile un jogging et descend pour aller frapper avec beaucoup de délicatesse à la porte de la chambre de son frère. « Hello frérot !

Il est bientôt neuf heures ! Nous avons un déjeuner à honorer, surtout si tu veux revoir Maéva.

— O.K. ! Merci ! Je suis prêt dans dix minutes », réplique-t-il dans un demi-sommeil.

Dans l'office, François, rasé de près, tient compagnie à son épouse, vêtue d'une robe d'intérieur aux tonalités asiatiques. Le poste de radio connecté à la fréquence de la région déverse son lot d'informations habituelles. Le journaliste mentionne la nouvelle réforme de la Justice qui, cette fois-ci, devrait s'appuyer sur les recommandations d'un collège d'experts. L'universitaire sourit. La matinée s'achemine vers onze heures quinze, Marianne prépare le repas. François commence à relire, comme s'il souhaitait le redécouvrir, le code de procédure pénale en jetant plusieurs notes. Peu avant midi, leurs enfants rejoignent les nouveaux amis pour un moment de convivialité dans le bistrot du village. Ils y sont chaleureusement accueillis par un groupe de jeunes composé d'étudiants de différentes filières : commerce, sciences sociales, santé, école d'ingénieur. Les éclats de rire se font entendre jusqu'au milieu de l'après-midi. Philippe observe longtemps la Belle mais celle-ci paraît détachée, sans pour autant privilégier la relation avec quelqu'un d'autre. L'objectif d'une telle rencontre étant de faire de nouvelles connaissances, chacun est comblé. Un étudiant nouvellement diplômé d'école de kinésithérapie partage avec lui son expérience des stages hospitaliers. Sa sœur rencontre de son côté une condisciple de deuxième année qui fréquente son université. L'organisatrice fait la collecte des coordonnées pour en distribuer la liste en fin d'après-midi. Mike, un étudiant en école de commerce à Vichy, propose l'organisation d'un week-end de camping au bord de l'Allier le 14 juillet prochain, déclenchant ainsi un tonnerre d'applaudissements. Reprenant l'idée au vol, le futur médecin se porte volontaire pour prévoir une boîte à pharmacie substantielle, Maéva le regarde en souriant. Observant la scène, Charlotte envoie un signe de connivence à son frère.

En fin de matinée, François a fait connaissance du facteur et reçu le paquet de copies. Accompagné de son épouse, il a pu s'acquitter des visites programmées. Leur escapade en milieu d'après-midi achevée, et après avoir consulté sa boîte mail personnelle puis celle de l'université, il s'installe à son bureau. Cependant, *la* lettre retient encore son attention.

Dans le bistrot, au centre du village, le patron siffle la fin de la récré ! Il se tient derrière son comptoir pour recueillir le dû des commensaux. Charlotte règle les deux repas. Tout le monde se salue d'une bise et Maéva envoie en plus un sourire à Philippe. Cette jeune femme intelligente a appris la psychologie au cours de ses études à l'école hôtelière de Lausanne. Il n'a eu d'yeux que pour elle. Pas dupe, elle ne veut rien brusquer. Étudiant en médecine et ambitieux, manifestement, ses études le retiennent à Paris et la capitale se trouve à plus de trois cent cinquante kilomètres de Vichy… Prendre le temps de la réflexion, voilà ce qui lui paraît indispensable. Et puis, après tout, ces échanges de regards ne signifient, peut-être, pas grand-chose.

Vers dix-sept heures quarante-cinq, alors que Marianne visionne un programme de télévision sur des chaînes de la TNT, François reprend la lettre et poursuit la lecture là où il a quitté Camille.

Début septembre 1939, les événements se précipitèrent :

Le 1er, les soldats du Reich entrent en Pologne.

Le 3 à onze heures du matin, la Grande-Bretagne déclare la guerre à l'Allemagne, à dix-sept heures la France se lance dans le conflit.

Le 29, la Pologne capitule et son gouvernement trouve refuge à Angers.

À partir de cette date, je n'ai plus de nouvelles régulières de mon mari. Seules des bribes d'informations glanées par mon père au Ministère me parviennent. Mon frère Guillaume et un ami de ma sœur sont appelés à rejoindre leur unité. De la fin 1939 jusqu'au mois de mai 1940, les lettres de mon époux, via la poste aux armées, font état d'une longue attente semée d'interrogations pour les combattants.

Il sent que la dramaturgie du récit va atteindre son apogée. Le traumatisme vécu par cette dame a marqué sa vie entière, se dit-il à haute voix.

1940, le 10 mai, les troupes allemandes attaquent simultanément la Belgique et les Pays-Bas. Le 13, elles lancent une offensive sur Sedan. À la tête de son peloton de chars, mon mari est touché de plein fouet par un obus : son corps est déchiqueté ! Il meurt sur le coup. Son équipage, faute de pouvoir manœuvrer la trappe d'évacuation, périt brûlé vif.

Le professeur de droit pénal est déconcerté. Il pose ses lunettes sur le clavier de son ordinateur et, machinalement, larmoyant, il déplie un mouchoir.

Trois jours plus tard, j'apprendrai brutalement la nouvelle.

Un matin, deux officiers de Gendarmerie se présentent à mon portail. Ils m'annoncent le décès de mon époux. Me donnant ce qui reste de sa plaque d'identité militaire et la lettre signée du ministre de la Guerre : mon mari, le Lieutenant de cavalerie Bernard M., est mort au champ d'honneur, il a été élevé au grade de Capitaine, inhumé sur le champ de bataille, il a reçu la Médaille militaire. Ils me transmettent également un document certifiant mon nouveau statut, à savoir veuve de guerre. Une pension me sera versée. Après m'avoir saluée, ils tournent les talons et rejoignent la voiture qui les attend.

François est groggy. Il se lève, ne peut réprimer les sanglots qui montent en lui. Il éprouve une grande tristesse, sa tête est ailleurs, là-bas, dans les Ardennes. Il entend soudain le bruit des Panzers allemands abattant les arbres sur leur passage. Il voit la tourelle du char tourner sur sa base puis le canon ajuster sa cible, le véhicule blindé français. Il imagine l'ordre du chef de char à son tireur. La bouche du canon allemand a craché du feu et l'objectif touché brûle. Personne n'entend les cris d'horreur de l'équipage pris au piège d'un engin qui devient ainsi leur cercueil. Ce baby-boomer est en colère ! Les gens de l'État-major de l'époque n'avaient rien compris ! Il essaie à nouveau de contenir le flux de ses larmes mais celles-ci sont capricieuses. Il pleure pour cette femme, il admire son courage. Reprenant ses lunettes, il termine par ces dernières lignes :

Cela prend du temps pour accepter une telle situation et, croyez-moi, je suis passée par la colère, le désespoir et même la culpabilité qui envahit le cœur et empêche de vivre. La famille et les amis proches m'ont aidée à porter le fardeau.

À présent, vous savez presque tout.

La maison renferme d'autres secrets que vous découvrirez peut-être. Si vous avez un moment, passez me voir à la Résidence.

Bien à vous, Camille

Profondément ému, François rejoint la table familiale pour le dîner. Encore habité par ce qu'il vient d'apprendre, il résume le contenu de la lettre non sans omettre son propre ressenti. Cette femme est extraordinaire, affirme-t-il. Elle partage sa vie et transmet une leçon de courage par son comportement devant le malheur qui la frappe à vingt ans. Quelle force de caractère ! De son côté, la jeune génération, heureuse de la journée, annonce le projet d'un week-end sur le bord de l'Allier avec ses nouveaux amis. Vous prendrez notre voiture, propose aussitôt leur père. Comme à l'accoutumée, la mère de famille reste sur la réserve, un peu silencieuse, elle vit ses joies et ses bonheurs par procuration. Après avoir quitté la table, son époux prend place dans le fauteuil en face de l'écran plat mais ne cherche pas à connecter l'objet. Il ferme les yeux, l'histoire de Camille habite sa mémoire immédiate, Charlotte interrompt alors son voyage.

« Est-ce que je peux lire sa lettre ?

— Mais certainement. Elle est posée sur le bureau.

— Merci », enchaîne-t-elle.

Elle quitte le salon, se dirige vers le bureau et s'empare de la missive dont elle entame la lecture en montant dans sa chambre. Elle est interrompue par deux textos qui arrivent simultanément sur son smartphone. Le premier ainsi libellé provient de son amie Sandrine : *Coucou ! Quelles nouvelles de ton château ? À Paris, l'atmosphère est irrespirable. Appelle-moi ! Bisous*. Le second est un flash publicitaire pour bénéficier de remises *sensationnelles* sur l'achat de vêtements de luxe. Elle répond au premier en racontant sa journée avec ses nouveaux amis. Elle détruit le second.

Philippe, de son côté, a choisi l'intimité de sa grande chambre au rez-de-chaussée pour faire le point. Sur son bureau, bien en évidence, est posé le polycopié d'un cours d'hématologie à lire et à apprendre pour son retour en stage. Le sujet qui occupe sa pensée et pour lequel il donnerait beaucoup s'appelle Maéva. Il passe en revue son image, ses yeux, ses cheveux qu'elle avait dénoués pour être avec ses copains, dont il fait partie depuis ce jour. *Ce n'est pas possible*, confie-t-il à un écoutant muet qui se trouverait là, devant lui, *mais je suis amoureux, ou je n'y comprends plus rien !* Cette découverte, qui n'en est pas une, l'incite à écrire un texto pour la remercier, la féliciter pour son invitation et l'organisation de la journée. Il ajoute : *quand peut-on prendre un pot ?* Il écrit et réécrit dix fois (!) le texte à envoyer, imaginant une myriade de réponses possibles de la part de la destinataire. Finalement, à bout d'arguments, il appuie sur le pictogramme *envoi* de son smartphone et attend, allongé sur son lit. Il s'assoupit, l'esprit habité par deux locataires : Maéva et ce cours d'hématologie à apprendre. Vers vingt-deux heures trente, alors que la nuit plonge sa terrasse dans l'obscurité, le bruit caractéristique de l'arrivée d'un message se fait entendre. En une seconde, il se lève ! Le cœur battant, il lit, *Merci pour ton invitation ! Je travaille toute la semaine et ne serai libre pour prendre un pot avec toi que dimanche vers 17 h au club House du Golf. Bonnes vacances à toi et bises*. Sa réponse ne se fait pas attendre : *O.K. pour dimanche. Bon courage, Bises*. Il éprouve une grande joie, balaie d'un revers de main les hypothèses négatives et entre dans le royaume de l'optimisme.

Un étage plus haut, la lumière demeure longtemps en service dans la chambre. Habituée à lire et parler vite, la jeune fille dévore la fameuse lettre. Bien que je n'aie jamais étudié sérieusement cette période de l'histoire de la France, Charlotte s'arrête souvent pour évacuer l'émotion qui monte en elle et pour essuyer, comme son père, les larmes qui coulent le long de son visage. Comprendre, ne pas oublier, faire en sorte que cela ne se reproduise plus jamais ! Elle se sent faiblir devant la tâche. Cependant, elle passe d'agréables vacances. Après avoir lié connaissance avec de nouveaux amis, cette lettre l'invite à pénétrer dans un univers tout à fait inattendu : découvrir les secrets dont Camille fait mention à la fin de sa lettre.

La nuit a envahi le village invitant ses habitants au silence et au repos. Elle s'endort bien tard, après avoir relu et répondu au dernier SMS de David.

5
La ligne de démarcation

En ce jour, la température est estivale dans le département de l'Allier. Le soleil est déjà haut dans le ciel quand Charlotte ouvre les yeux. Les deux hommes sont sortis pour leur virée à vélo qui les entraînera à découvrir les bords de cette rivière libre de faire des méandres ou de s'étaler largement en surface selon son débit.

La benjamine, en forme dès le réveil, tenue décontracte, après dix minutes d'assouplissement, se présente dans la grande cuisine pour préparer et consommer son petit-déjeuner qu'elle veut diététique. Elle est d'humeur joyeuse ce mardi de juillet. La dernière phrase de la lettre lui propose comme un défi, elle se mettra en charge de trouver ces fameux secrets post-1940 ! Bureaux, armoires et penderies visités et vides de documents, les seuls endroits possibles à explorer demeurent, à ses yeux, la mansarde ou les dépendances habitables. L'escalier qui mène au grenier sent bon l'encaustique. Ouf ! Elle a pris la bonne clé, la porte s'ouvre. La lumière crue inonde les combles bien organisés, trois maies en bois sont rangées le long d'un mur. Elle soulève le couvercle de la première et découvre d'abord du linge de maison, puis des boîtes contenant des documents d'archives paraissant sans importance. De la dernière, elle en sort deux albums photos et trois boîtes contenant des séries de lettres maintenues par des ficelles.

Elle s'assoit sur un banc verni et ouvre avec curiosité les albums photos. Elle fait ainsi connaissance avec l'ancienne propriétaire à différentes époques de sa vie. Une photo de son couple, lors de son mariage avec Bernard. Des photos de ses proches ou avec son frère et sa sœur les montrent souriant à la vie. Puis, elle parcourt systématiquement chaque groupe de lettres. Le premier constitue un échange de correspondances avec celui qui devint son époux. Le deuxième est composé de courriers d'amis, de connaissances. C'est le troisième groupe qui répondra au qualificatif de *Secrets*. Un carnet servant de journal intime l'accompagne. Ce document ne comporte que des notes, plus ou moins détaillées, parfois des dates et, surtout, des ressentis ou des descriptions de situations.

Après la débâcle de la défaite, l'armistice est signé à Rethondes le 22 juin 1940. Dans la foulée, une ligne de démarcation est mise en place.

Longue de 1200 kilomètres, elle passe par notre département et coupe la France en deux. Au nord se trouve la zone occupée par les armées allemandes. Vichy se trouve alors en zone libre, elle devient le siège du Gouvernement.

Nous voyons depuis arriver des milliers de candidats au passage vers la liberté. La Résistance commence à se mettre en place mais sans grande stratégie.

Charlotte s'empare de ce matériel et descend s'installer plus confortablement dans sa chambre. Elle dépose l'ensemble sur son bureau et commence le tri des documents. Les lettres d'amour adressées à Camille par son époux reflètent délicatesse, envie de séduire, de plaire, de se projeter vers l'avenir. L'état psychologique dans lequel vivait la jeune mariée, face au départ de son compagnon, passait par des sentiments de refus de la réalité, de colère, voire de désespoir. Dans son carnet intime, elle faisait des allers et retours entre son vécu et la situation historique dans laquelle était plongée la France.

Les activités de notre famille sont coupées en deux. Mon père doit faire preuve de diplomatie pour gérer les relations avec l'administration militaire allemande.

Mon statut de veuve de guerre et d'institutrice me permet de glaner des informations utiles à la Résistance. Ma sœur doit se rendre régulièrement à la Kommandantur pour des travaux de traduction.

C'est alors que Marianne l'appelle. « Charlotte ? Que fais-tu enfermée dans ta chambre ? Il fait beau ! Nous pourrions aller au village à vélo.

— Bonne idée ! Je suis prête dans dix minutes.

Les hommes étant de retour, elle est interpellée par son frère pendant qu'il se déchausse.

— Eh ! prends-moi Midi Olympique. Il y a certainement des nouvelles de la tournée de l'équipe de France en Nouvelle-Zélande. Ça va me sortir de mes cours ! Philippe est plus apaisé. Celle pour laquelle son cœur palpite depuis ce samedi lui a répondu, tout est donc possible.

— O.K. ! Message reçu », le rassure-t-elle en ajustant son casque.

Avant de retourner à la correction des copies, François effectue, sans mot dire, quelques étirements sur la terrasse baignée de soleil. Les dames reviennent vers treize heures trente de leur escapade. Le buffet froid préparé par la maîtresse des lieux trouve rapidement des amateurs. Après une longue conversation téléphonique avec Sandrine, Charlotte l'invite pour le prochain week-end. N'oublie pas ton maillot de bain et une tenue sympa ! insiste-t-elle. Bien sûr ! Bisous, réplique sa copine. Ce bavardage clos, elle reprend ses investigations. Devant l'ampleur de la tâche, l'étudiante se sent bien petite. Se souvenant de la proposition de Camille dans l'étude notariale, elle projette de lui rendre visite. Elle verra bien si son initiative lui permettra d'avancer. La pensionnaire des Fleurs Bleues accepte avec joie sa proposition. Elle attendait ce moment. La jeune scientifique ira donc lui rendre visite mercredi vers quatorze heures trente.

« Demain, je suis invitée à rencontrer Camille à sa résidence, annonce-t-elle durant le dîner.

— Tiens, je vous préparerai un gâteau, suggère sa mère.

— Te voilà journaliste avant d'être chercheuse en physique, sourit son père, j'aimerais être à ta place, cette femme a vécu des événements de premier plan pendant le dernier conflit. Elle a sûrement beaucoup de choses à partager et, toi, tu en feras un roman !

— C'est bien possible. »

Mais cela ne concernait pas Philippe. Pensif, il se réfugie dans son cours d'hématologie ou d'imagerie, visité de temps en temps par le visage de Maéva… Une fois le repas achevé, Marianne reprend sa partie de scrabble face à la tablette. Sa fille, quant à elle, poursuit son travail d'investigation à partir de ses trouvailles. Ainsi, dans le deuxième groupe de documents, elle découvre deux listes de noms de villes. La première fait mention de Lyon, Aix-en-Provence, Marseille, Alger, Tunis, Benghazi, Port-Saïd, El-Arich, Ashkelon. La deuxième liste indique

Chypre, Venise, Bologne, Varsovie, Bruxelles. Une multitude de questions à résoudre, la nuit sera longue ! Elle descend à la cuisine, s'y prépare une tasse de thé et remonte dans son antre. Assise comme ces journalistes américains, devant leur bureau, stylo au bout des doigts, en face d'une antique machine à écrire remplacée par un ordinateur avec une pomme sur le couvercle, elle crée le dossier CAMILLE. Habituée à travailler tard ses cours, elle ne trouve le chemin du repos nocturne que vers une heure du matin. Peu après, François se déconnecte des chaînes d'infos pour rejoindre son épouse qui, encore une fois, a perdu face à la machine.

Mercredi, jour de marché. Les nouveaux propriétaires ont décidé de succomber aux charmes de la vie de province : ils s'y rendent à vélo pour faire des courses et, peut-être, retrouver des gens connus. Après l'invitation d'Alain à une partie de tennis, le fils du clan se prépare rapidement, mettant entre parenthèses la révision des cours. Charlotte reste seule pour préparer son prochain entretien. Lors de la signature de l'acte authentique, elle a remarqué que la vieille dame a *bien* toute sa tête. Aussi, tient-elle à lui montrer l'intérêt qu'elle porte à son parcours de vie. Après un déjeuner frugal (mais riche en oméga 3 !), elle revêt un pantalon jaune et un maillot de sport toujours de la marque à trois bandes. Un léger maquillage souligne ses yeux clairs. Dans son sac à dos, elle enfouit son smartphone, un cahier d'écolier et une série de stylos et porte-mine. Dans un second sac, elle pose délicatement le gâteau. Sur son chemin, elle croise son frère, sourire aux lèvres. Il est heureux, pense-t-elle. Bon courage, petite sœur ! lui crie-t-il à distance. Mais elle ne l'entend pas et poursuit son chemin en pédalant de plus belle. Arrivée à l'accueil de l'établissement pour séniors vers quatorze heures vingt-cinq, une hôtesse l'invite à s'installer dans la salle d'attente. Cinq minutes plus tard apparaît Camille, de beige vêtue, la coiffure soigneusement organisée. Elle tient contre elle un porte-document. Elle ouvre grand ses bras et embrasse chaleureusement Charlotte. « Je suis contente de te recevoir dans mon nouveau domaine, plus simple que la Bastide ! Mais je suis heureuse de vivre ici. J'ai réservé un petit salon où nous serons tranquilles et pourrons consommer une boisson fraîche. Elle l'entraîne à bonne allure vers une pièce équipée de fauteuils confortables et d'une table basse. Elles s'assoient face à face. Alors Charlotte, comment vas-tu ? Es-tu contente de passer l'été à la Bastide ?

— Je vais bien, je vous remercie. Et vous, comment allez-vous ?

— Tout est bien.

La jeune étudiante n'est pas complètement à son aise. Cette femme la fascine, avec une lueur héroïque dans le regard.

— Tu as lu ma lettre, j'imagine, et tu essayes de dénicher mes secrets !

L'octogénaire désire lui raconter cette période, Charlotte enchaîne aussitôt :

— Bien sûr ! J'ai lu avec attention, émotion et beaucoup de respect la lettre que vous nous avez adressée relatant les événements que vous avez traversés, votre souffrance suite au décès de votre mari… J'ai aussi découvert dans le débarras des photos, une ébauche de journal intime et des lettres, deux listes de villes de différents pays… Votre carnet intime semble interrompu après la mise en place de la ligne de démarcation en juin 1940… »

Camille ferme les yeux. Se concentrer et faire remonter à la surface les souvenirs. Ayant rouvert les yeux, elle ajuste ses lunettes d'écaille et ouvre son porte-document, sans en sortir le moindre papier cependant. L'apprentie journaliste se saisit alors de son cahier, d'un stylo et, calée confortablement dans son fauteuil, elle met en œuvre l'application *enregistreur* de son smartphone. L'attention soutenue, elle fait taire son monde personnel, tout son être intérieur.

« Mon père, commence la vieille dame, nous réunit. D'abord, il nous mit en garde sur les relations qu'il fallait entretenir, et avec le pouvoir politique, et avec l'occupant. Un mot d'ordre : relever la tête, transmettre l'espoir à tous ceux que nous pouvions côtoyer. J'étais alors institutrice dans le village, donc à l'écoute des enfants et des parents. Nous nous trouvions en zone libre, cela nous permettait d'accueillir, en relative sécurité, ceux qui tentaient de passer vers la liberté.

— Sur une page du carnet, le mot *Juif* apparaît. À quoi cela correspond-il ? » s'enquiert Charlotte.

6
Qui êtes-vous ?

À l'est du Rhin, les Juifs sont traqués. Certains tentent de quitter cette région avec plus ou moins de bonheur pour se diriger vers le Nouveau Monde ou vers le Moyen-Orient, objet de leur espérance. En France, ils sont aussi persécutés. Pressentant d'autres vexations, Guillaume, le frère de Camille, facilite le passage de son ami et partenaire dans la recherche chimique en zone libre. Ruben est accompagné de sa femme Sara et de Ruth, leur fille de trois ans.

À Paris, pour Samuel J. la situation se complique. Depuis le 3 octobre 1940 et la création du statut des Juifs, Samuel ne peut plus franchir les portes de l'université. La famille survit grâce au travail d'Aviva et aux activités de Samuel maintenues dans un laboratoire. Ils n'ont pratiquement plus de nouvelles des leurs en Europe de l'Est. À partir de juin 1942, les plus de six ans doivent en outre porter une étoile jaune que leur fils aîné refuse ! Dan, en dernière année de doctorat, se voit alors exclu de l'université. Heureusement, il entretient de bonnes relations avec certains condisciples non juifs. Le 14 juillet 1942, en accord avec ses parents, il quitte Paris pour Fontainebleau, il aide son ami Frédéric pour la moisson. Coup de chance ? Miracle ? Le jeune homme échappe aux conséquences de l'opération *Vent printanier*. Dès le 16 juillet 1942, des policiers français contrôlés par des soldats de la Wehrmacht arrêtent les familles juives. D'abord parquées au Vélodrome d'Hiver de Paris, puis au camp de Drancy, elles seront ensuite envoyées vers les camps de la mort. Dès que Dan apprend la nouvelle, aidé par ses amis, résistants de la première heure, il quitte la région Sud de Paris pour se rendre vers la ligne de démarcation et, si possible, passer en zone libre. Marchant la nuit, se cachant le jour dans les zones boisées, le fuyard passe avec succès plusieurs barrages ennemis pouvant donner dans un allemand parfait des explications plausibles de sa présence. Plus engagées à pourchasser les premiers activistes qui multiplient les sabotages, les patrouilles n'insistent pas et laissent cet individu solitaire poursuivre sa route. Pour se diriger vers la zone libre, il ne possède qu'une montre, une carte sommaire de la région, un peu d'argent et des adresses d'opposants. En marchant dix heures par nuit, il met cinq jours avant d'atteindre Moulins. Le matin du sixième jour, il frappe à une porte au sud de la ville. Des résistants l'accueillent, lui fournissent des vêtements propres et des papiers. Dan s'appelle désormais Jean V., baptisé catholique en 1919, et le soir même, il passe l'Allier et la ligne de démarcation. Tout en suivant le fleuve, il s'oriente vers Vichy. Après avoir parcouru soixante kilomètres, il arrive le septième soir près d'une grande demeure à la sortie d'un village, déterminé à sauver sa vie mais aussi à obtenir des nouvelles des siens. Les informations transmises par l'entourage de ses amis sont malheureusement inquiétantes. Lui-même se trouve en zone libre, un regard sur le bracelet gravé au prénom de sa grand-mère paternelle le rattache à ses grands-parents. Dan se couvre de sa kippa et récite la prière du soir. La nuit est sombre. Il se hisse par-dessus le mur d'enceinte de la propriété, et aperçoit une silhouette féminine. Il attend. La femme est-elle bien seule ?

Et Camille de poursuivre, en se redressant dans son fauteuil.

« … Quelqu'un frappa avec insistance au volet de la porte-fenêtre de la cuisine. Il devait être vingt-deux heures. J'entendis une voix. *S'il vous plaît, ouvrez-moi. Je ne vous veux aucun mal.* Pas de menace, ni dans le ton ni dans la voix. J'ouvris alors la porte, sans appréhension particulière. L'homme était grand, de type slave, cheveux châtains. Se tenant droit devant moi, il me fixa dans les yeux et me parla d'une voix aussi assurée que possible : *je suis juif. J'ai échappé à la rafle du Vélodrome d'Hiver à Paris. J'ai marché pendant sept jours. Grâce à des amis, j'ai pu passer la ligne de démarcation.* Il s'arrêta pour reprendre son souffle. Je fis entrer cet inconnu. *Je m'appelle Dan. Je suis universitaire, chercheur en sciences physiques comme mon père.* Sortant une liasse de billets froissés de sa poche, il ajouta *: je peux payer pour une tranche de pain et un endroit pour dormir. Je partirai dès que possible.* Dans le même mouvement, il rangea sa kippa dans la poche intérieure de sa veste un peu défraîchie. Son regard franc dénotait une personnalité riche, complexe, volontaire. Rien de commun avec les clichés et stéréotypes que le monde antisémite voulait nous inculquer ! Aucune agressivité, ni dans le geste, ni dans la voix, rien de menaçant dans cette situation. Nous étions deux êtres en souffrance. Lui, pourchassé parce que juif dans son pays d'accueil et moi, citoyenne française, vivant dans un pays coupé en deux, occupé par un ennemi sanguinaire et assoiffé de revanche.

Je lui indiquai une chaise. Il s'assit. Son visage s'éclaira d'une lueur nouvelle. *Je m'appelle Camille,* répondis-je en souriant. *Je ne veux pas de votre argent. Je veux bien partager quelque nourriture et vous permettre de dormir dans la dépendance qui se trouve dans le jardin.* Il me remercia et je déposai devant lui des couverts, une assiette avec des légumes de saison, un verre, une carafe d'eau, un œuf dur et une terrine de porc. Il me regarda avec gratitude, mangea de bon appétit l'œuf et les légumes mais ne toucha pas à la terrine. Dès qu'il fut restauré, je l'invitai à me suivre en prenant l'initiative de l'organisation : *je vais vous conduire à la dépendance. Nous éteindrons les lumières et demain, nous établirons un plan pour la poursuite de votre voyage.*

La nuit fut courte pour lui. Sans nouvelles des siens et entrevoyant le pire, il passait son temps à élaborer des scénarios pour contacter et rejoindre des amis coreligionnaires du Sud de la France. Pour moi de même, nuit de questionnements et de dégoût, sentiment de honte envers mon pays. La France n'avait pas protégé ses soldats, mon mari en particulier. LE pays de la Révolution, de LA Liberté et DES Droits de l'homme n'avait pas su accueillir, dans la sécurité, ces étrangers fuyant l'oppresseur, pourtant ils partageaient nos valeurs. Une autre question me taraudait. Allais-je accepter qu'il restât plus longtemps ? Et dans quelles conditions ? À quelles connaissances, suffisamment dignes de confiance, pourrais-je raconter mon aventure ? Mon père disait à ce propos : celui qui détient de l'information sur une tierce personne, est maître de qui lui a confié ses secrets.

Je n'avais que vingt-deux ans. Mon existence ? Porter le deuil d'un Capitaine de cavalerie mort au champ d'honneur et exercer mon métier d'institutrice. Mes relations sociales avaient pour périmètre mes proches, de rares échanges épistolaires avec des amis éloignés, des rencontres avec les parents de mes élèves. Les images de la perte d'un être cher s'invitent en boucle dans le sommeil, la solitude, ces vêtements de deuil qu'on n'ose pas quitter et le jugement des autres, voilà en résumé ce qui donne une nouvelle identité. Je cachais à mes amis ces nuits où mes pleurs mouillaient les draps d'un lit trop froid. Quel avenir ! Mais il me fallait être forte, comme toutes les femmes de ceux qui sont morts pour la France, et faire en silence le travail du deuil.

Charlotte boit ses paroles, prenant des notes au vol, sans essayer de l'interrompre. Il n'y a pas de blancs dans son discours. L'ex-institutrice revit son passé comme dans un rêve éveillé.

Le lendemain vers sept heures, avant de prendre le chemin de l'entreprise familiale – pendant les vacances scolaires, j'y exerçais l'activité de correspondante commerciale – je frappai à sa porte et, au travers de celle-ci, je lui dis : *je pars travailler. Il y a du café chaud, du pain et un peu de beurre sur la table de la cuisine. Vous pouvez rester. Le lieu est sûr.* Et j'ajoutai : *vous pouvez cueillir des légumes dans le potager bien à l'abri. Je reviendrai vers midi, restez discret.* La porte s'ouvrit. Il était vêtu, en souriant il opina : *merci beaucoup !*

La matinée au travail connut son lot habituel de problèmes à résoudre. Les nouvelles n'étaient pas bonnes, les Allemands avaient une conception élastique de la ligne de démarcation. Ils multipliaient le nombre des autorisations nécessaires pour passer d'une zone à l'autre. Leurs exigences en matière de réquisitions augmentaient chaque jour. À la coupure du midi, je revins au plus vite. Sans éveiller de soupçons, j'ouvris la porte rapidement. Il s'était caché derrière un grand arbre. Je le saluai d'un signe de tête pour lui confirmer qu'il n'y avait pas de danger. J'entrai dans la cuisine. Celle-ci était rangée, sur la table, des fruits et des légumes dans une assiette et, au beau milieu, un bouquet de fleurs ! Il me suivit à bonne distance. Je ressentis alors un sentiment indéfinissable, comme de la reconnaissance. Oui, de la reconnaissance.

Avez-vous bien travaillé ? me demanda-t-il. *Oui*, répondis-je en souriant. *Vous habitez une jolie région. Je ne veux pas vous gêner ni être source d'ennui pour vous.* Il parlait un français sans accent. Je lui en fis la remarque. *Merci !* acquiesça-t-il. *De quel pays venez-vous ?* dis-je sans curiosité particulière. *Je suis né en Pologne, d'obédience israélite, mon grand-père est rabbin. Mon père est chercheur en sciences physiques à l'université de Varsovie et à celle de Paris. Mais, je ne veux pas vous retarder.* Je consultai ma montre et l'invitai à partager le repas. Nous déjeunâmes rapidement, puis je quittai la maison en lui tendant le journal du jour. *Vous pouvez consulter les livres de la bibliothèque, mais n'ouvrez pas les fenêtres de l'étage. Et, s'il vous plaît, ne faites pas de bruit pendant mon absence.* Il me remercia d'un hochement de tête.

Je t'avoue, ma petite, je n'étais pas sereine ! Une impression confuse, ma vie m'échappait, je ne savais que décider. Et personne à qui demander conseil. »

Elle plonge avec plaisir ses lèvres dans le verre de jus de fruits frais posé sur la table. « Nous pouvons nous arrêter, si vous vous sentez fatiguée…

— Non, répond-elle. Je suis heureuse de partager ces souvenirs avec toi.

Le soir, en rentrant, mon cœur battait la chamade. Serait-il parti ? Non ! Il m'attendait, en consultant un livre de géographie… Je lui souris et je vis à nouveau son visage s'éclairer. Il y avait bien longtemps que je n'avais observé une telle lumière chez un de nos semblables. D'un certain point de vue, j'aurais été soulagée qu'il soit parti, pourtant, j'avais bien envie qu'il reste ! Mais pour quoi faire ? Nous vivions un drame national. Le délit de cacher un fugitif, juif de surcroît, méritait peut-être le peloton d'exécution. Avait-il compris le remue-méninges qui agitait mon esprit ? Il se leva, remplit un verre d'eau qu'il m'offrit, accompagné d'un quignon de pain. Tandis que je m'asseyais, il me tendit un mouchoir pour sécher les larmes qui coulaient lentement le long de mes joues. Les yeux mi-clos, je l'entendis me dire : *je suis désolé, je ne sais que faire. Voulez-vous que je m'en aille ce soir ? Non, restez,* répondis-je vivement. Il quitta sa place et sortit de la cuisine. Je le vis sur la terrasse lever les yeux vers le ciel puis revenir vers moi. Il prit ma main, en guise de reconnaissance, puis déclara avec gravité, *Nos sages dans le Talmud disent : celui qui sauve une seule vie sauve le monde entier !* Et tout à coup, j'eus envie de me blottir dans ses bras… mais il ne fallait pas. Il agissait avec retenue. Il garda délicatement ma main dans la sienne, comme s'il avait découvert un trésor. Je m'échappai de cette prison dorée en lui proposant de goûter ce que les tickets de rationnement m'avaient permis d'échanger ce jour chez les commerçants.

Depuis lors, je me suis lancée à partager avec lui les principaux moments de ma vie : une famille aisée, une éducation catholique stricte, des études supérieures, un mariage arrangé, la guerre, la mort de mon mari fauché dans son char par un obus allemand... Et je m'entends encore résumer ma solitude : *aujourd'hui, je suis une jeune veuve de guerre, sans perspectives, qui cache la fuite d'un juif étranger.* Nous demeurâmes silencieux tout au long du repas. Puis il se leva, débarrassa la table et nettoya la vaisselle. M'observant ensuite avec intensité, il démarra un long plaidoyer : *Camille, je vous remercie de prendre tant de risques en m'accueillant chez vous. Je suis sincèrement désolé pour le décès de votre époux et pour vos souffrances. Mon chemin est bien compliqué aussi, je ne sais pas de quoi demain sera fait. Je ne peux que souhaiter le meilleur pour vous. J'ai conservé en mémoire les adresses de plusieurs amis en France qui vivent en zone libre. J'espère que la poste fonctionne encore correctement. Pourriez-vous expédier deux ou trois lettres pour moi, sans prendre de risques ?* Et comme pour me rassurer, il précisa qu'il s'agissait d'amis d'enfance polonais vivant à Aix-en-Provence ou Marseille. *Bien sûr, nous échelonnerons les envois pour ne pas éveiller de soupçons.*

Cette séquence inaugura une organisation particulière : travaux d'intérieur et jardinage pour lui quand moi, je partais travailler et assurais l'intendance. Je postai pour lui trois lettres, de façon aléatoire, et nous attendîmes ensemble les réponses. »

Elle s'interrompt soudain, les yeux larmoyants. Charlotte lui offre une part de gâteau. Elle apprécie le geste et lui rend alors un sourire complice. Dans la foulée, elle lui propose de mettre un terme à ce premier entretien. « Demain jeudi, j'ai rendez-vous avec ma coiffeuse mais je te propose de revenir vendredi après-midi.

— Avec grand plaisir. »

La vieille dame se lève et serre la jeune fille dans ses bras. Celle-ci range ses affaires et la raccompagne jusqu'à son studio. La soirée et la nuit suivante lui offrent l'espace de liberté pour revivre le récit de cette femme. L'ayant observée avec attention, elle pressent qu'elles s'acheminent crescendo vers la résurgence d'événements qui l'ont profondément, très profondément, touchée.

Jeudi ne marque pas les esprits. François, accompagné de son fils, se rend à Paris. L'un, pour faire le point sur la réforme engagée et analyser la qualité des copies des étudiants, l'autre enfin, pour accueillir un ami américain en escale de six heures. Charlotte reste avec sa mère et chacune vaque à ses occupations estivales, même si le temps ne s'y prête guère. Le ciel permet à la terre de se ressourcer en eau. Elle continue à explorer les différents documents trouvés au grenier.

Vendredi après-midi, Camille attend sa jeune amie depuis quatorze heures dans le hall d'accueil ! Dès son arrivée, elle lui fait presser le pas pour atteindre le petit salon, lieu de ses confidences. « Je suis si heureuse que tu sois là ! J'aime parler avec des jeunes comme toi, comme Maéva. Où en étions-nous ? Oui, ça me revient, nous attendions les réponses de ses amis.

Par son comportement non verbal, Charlotte est l'écoutante silencieuse idéale, l'encourageant à faire remonter les souvenirs du fond de sa mémoire. Ses mimiques, son sourire, ses jeux de main la guident avec tendresse et respect.

Notre cohabitation exigeait de nous adapter l'un à l'autre en présentant notre meilleur profil. Dan se voulait serviable, attentif, à l'écoute et moi, j'avais envie de rompre avec ces deux années de traversée du désert. Nos perceptions réciproques évoluaient de jour en jour. Un soir, après une discussion bien animée, il employa le pronom *tu*, je lui répondis sur le même ton ! Le lendemain, renversant tous les tabous, notre amour naissait d'un éclat de juillet en pleine guerre. Il nous offrait un nouvel horizon.

Elle ordonne soudain au temps de prendre la pause. Ses pupilles brillent. Elle regarde fixement son intervieweuse comme pour lui transmettre ce qu'elle estime être bon pour elle.

Gérer au mieux notre situation, c'était la première sécurité. Plusieurs questions se posaient : fallait-il révéler notre relation ? Mes parents, chrétiens traditionalistes accepteraient-ils un jeune homme juif parmi nous ? En plein conflit mondial, comment agir face à une puissance occupante dont l'un des objectifs était justement d'éliminer cette communauté de la surface du globe ? Ces interrogations demeuraient sans réponses. Nous vivions notre passion amoureuse au présent et cela nous suffisait. Pourquoi en informer mon entourage et entendre des commentaires décourageants ? Jour après jour, une certaine insouciance prenait place dans notre couple. Je souriais de plus en plus et, sous mes habits de deuil, j'essayais de ressembler à une jeune femme de mon âge. Dan, toujours attentif, m'invitait à prendre soin de moi. Il fermait souvent les yeux pour élaborer des embryons de projets. Nous étions en septembre 1942. Un jour, je reçus pour lui une réponse provenant de Marseille. Ce document contenait une information importante qui allait déterminer la suite de sa vie. L'Agence juive l'informait de ses activités tournées vers le sauvetage des Juifs européens – menacés par les nazis – et l'invitait à prendre contact avec son Représentant en France. Cette organisation avait vu le jour en 1929. Son visage s'illumina. Tout à coup, il semblait capable de percer le brouillard de haine et de difficultés qui avait envahi le monde. Alors, comme pour m'associer à son bonheur, il me fit tournoyer, faisant fi des contingences immédiates. Notre secret ne pouvait perdurer. Vivre en zone libre ne signifiait pas *vivre en parfaite sécurité*. La ligne de démarcation sans cesse modifiée, les activités de la Résistance, l'occupant encourageant la collaboration… C'était décidé, je devais parler à mon père. Il nous rendit visite à la tombée de la nuit. À ses yeux, notre situation était cependant peu désirable mais, derrière le fugitif, il voyait le jeune scientifique. Une relation de neutralité bienveillante s'établit entre les deux hommes. Ayant des activités en zone occupée et en zone libre, mon père se rendait régulièrement auprès des autorités allemandes pour obtenir des laissez-passer. La fréquence de ses visites lui permettait d'obtenir des informations précieuses pour la Résistance. Mon frère cachait aussi des fugitifs juifs, son ami Ruben. L'entretien avec mon père fut certes courtois mais sans chaleur, il s'engagea néanmoins à nous tenir informés de l'évolution des événements. Peu de temps après, le jour du marché, un homme s'approcha de moi et me transmit une information codée permettant, en cas d'urgence, d'exfiltrer Dan. »

Camille s'arrête net dans son récit. Une larme apparaît sur son visage peu marqué par les outrages des ans. Charlotte se retient d'intervenir. Elle verse simplement un volume de jus de fruits et tend le verre à Camille. Elle comprend combien il est difficile pour elle d'évoquer ce moment particulier. L'amour, la guerre, le danger, l'espoir sont les ingrédients d'un cocktail chargé en émotions. Elle fait mine de ranger ses affaires pour mettre fin à l'entretien mais son interlocutrice pose sa main sur la sienne.

7
Je t'aime, je reviendrai

Camille se redresse. Ayant essuyé ses larmes, elle respire profondément et poursuit son récit.

« Une séparation temporaire devait être envisagée et Dan devint de plus en plus prévenant à mon égard. En revenant de l'école un jour, je trouvai sur la table ce joli texte poétique :

La nuit voile à mes yeux
Les lumières de l'été
Le vent dans tes cheveux
M'invite à espérer

Le soir, il m'exposa son projet pour nous deux. Partir pour sauver sa vie. S'engager dans le combat de l'Agence juive. Attendre la fin de la guerre et RE-VE-NIR me chercher pour construire notre vie, là où il pourrait être utile dans le cadre de ses recherches. Il s'assit ensuite et se replongea dans ses calculs de sciences physiques. Il voulait poursuivre les recherches entamées par son père sur la question des rayonnements.

Au cours de la dernière semaine d'octobre 1942, on toqua à la porte selon le code auparavant défini. La nuit était déjà bien avancée, mon père était accompagné de son homme de confiance. Ils nous exposèrent ce qu'ils savaient d'un plan d'envahissement de la zone Sud et de ses conséquences pour nous.

Dans quelques jours, l'armée d'occupation se déploiera en direction du Grand Sud. Trois jours avant sa mise en œuvre, nous viendrons te chercher, dirent-ils en le fixant. *Tu partiras vers Marseille via deux, voire trois réseaux de passeurs. Jean ici présent assurera ton passage, il t'indiquera une adresse, laquelle vous permettra de correspondre de façon neutre : vous serez un représentant de notre entreprise et Camille la secrétaire. Voici un peu d'argent pour prendre le train si besoin, les Allemands ne pourront pas tout contrôler avant d'atteindre la côte. Ma fille te procurera des vêtements sans marque.* Le fugitif se leva pour les remercier. *Ne me remercie pas !* rétorqua mon père. *Nous faisons cela pour les nôtres. Ne nous oublie pas quand la guerre sera finie !*

Ils se saluèrent. Sans rien ajouter, mon père et Jean disparurent dans la campagne environnante. Notre nuit fut agitée, assaillis que nous étions par diverses interrogations paradoxales. Notre jeunesse, notre amour, notre envie de vivre et de nous construire un lendemain vacillaient devant l'incertitude provoquée par la future séparation. Se retournant contre le mur et tenant fermement ma main, je l'entendis prier. Le scientifique, rationnel, acceptait, devant la complexité de la situation, de se revoir blotti dans les bras de son grand-père, quand ce dernier implorait la miséricorde du Tout-Puissant face à la barbarie des pogroms.

À partir de cette annonce, nous avons vécu dans deux mondes qui se voulaient indépendants l'un de l'autre, d'un côté, celui de l'angoisse d'une prochaine séparation et, de l'autre, notre espace intime qui faisait que l'amour que nous vivions constituait un puissant facteur d'encouragement, porteur d'espoir.

Profitant de cette intense émotion, Charlotte l'interrompt.

— Il est dix-sept heures, je vous sens un peu fatiguée. Peut-être voudriez-vous suspendre ce moment ?

— Bonne idée. J'ai beaucoup parlé et toi, tu m'as gentiment accompagnée sans rien dire. Reviens vite ! Disons lundi, euh… non, mardi plutôt. Je crains parfois d'oublier ces moments si particuliers.

— D'accord, je reviendrai mardi. En attendant, je vous souhaite un bon week-end.

— Et moi, un samedi plein de bonheur et beaucoup de joie pour le dimanche ! Et ne m'oublie pas auprès des tiens !

— Merci ! »

Sur le chemin du retour, l'étudiante a soudain l'impression de faire œuvre utile, elle est frappée par la mémoire de cette femme. Elle admire son courage et sa fantastique volonté de vivre et d'aimer à nouveau, alors que le traumatisme de la perte de son jeune époux aurait pu l'enfermer dans une forteresse de solitude et de chagrin. *À vingt-deux ans, on a le droit de vivre à nouveau une histoire d'amour !* conclut-elle. La soirée avec Marianne tourne autour de sa rencontre avec la responsable de la médiathèque du village à qui elle a promis d'offrir un ordinateur qu'elle ramènera lors d'un prochain séjour. Les hommes de la maison posent leur sac vers vingt-deux heures à la gare de Vichy, Marianne et sa fille les attendent sur le parking. Le dîner est sobre, François et son fils ont consommé bière et sandwich avant de rejoindre leur place. Chacun se contente d'une salade composée et de fruits de saison. Charlotte consulte la météo pour préparer la venue de sa copine Sandrine et son frère compte en silence les jours qui le séparent du rendez-vous avec Maéva. La nuit s'annonçant plus chaude qu'à l'accoutumée, François connecte la climatisation.

Samedi de juillet 2006

Alors que le soleil est déjà haut dans le ciel de province, Charlotte ouvre les yeux et déconnecte l'alarme de son smartphone. Déjà neuf heures ! dit-elle. Sa nuit a été habitée par la guerre, la ligne de démarcation, ce coup de foudre pour un fugitif… Elle accélère sa préparation. L'idée d'un week-end avec Sandrine la réjouit particulièrement. Elle descend déjeuner et, en se dirigeant vers la cuisine, elle toque à la porte de son frère. Celui-ci, réveillé depuis longtemps, s'affaire à trouver un créneau horaire libre pour jouer au tennis avec son ami le kiné. Les parents, ayant déjeuné plus tôt, pédalent à cette heure, pour leur plaisir, dans la campagne environnante. Tout en dégustant les pancakes au miel sauvage préparés par *Maman*, elle ne peut s'empêcher de visionner à nouveau le film de ses deux rencontres avec Camille. Une question la taraude. Aurais-je procédé de la même manière si j'avais été à sa place ? OUI, sans aucun doute ! La vie ne nous oblige pas à vivre sous la tutelle de nos traumatismes, pense-t-elle avec conviction.

Douze heures sonnent dans les églises de France et de Navarre, en même temps, l'inter-cité venant de Paris fait son entrée en gare de Vichy. À son bord, Sandrine, réjouie à l'idée de passer un week-end ensoleillé avec sa copine, cherche son smartphone : celle-ci l'attend sur le parking devant la porte numéro 2. Après les échanges de bises et de compliments concernant leur tenue respective, Sandrine soumet son amie à la question ! « Alors, comment vis-tu dans votre château ? Et le village ? Et les gens ? Sont-ils *in* ? Et puis ta rencontre avec LA femme à l'âme bien née ? Tu me raconteras !

Le temps est au beau et le ciel leur offre cette couleur azur qui fait rêver tous les jeunes du monde.

— Et si nous déjeunions en ville ? On pourrait flâner et passer par le centre thermal.

— O.K., tu as toujours de bonnes idées.

Aussitôt décidé, aussitôt mis en application ! La voiture stationnée sur un parking, elles déambulent dans Vichy et choisissent ensuite un bar à salades et un menu diététique pour satisfaire leur silhouette. Alors, ces vacances en Auvergne ? Dis-moi tout ! insiste Sandrine. Et son amie de raconter, par le détail et dans l'ordre chronologique, les événements qu'elle a enregistrés. Elle fait également mention du coup de foudre de son frère pour la jolie manager du restaurant étoilé du village, cette dernière se trouvant d'ailleurs être la petite-nièce de l'ancienne propriétaire de leur nouvelle maison. Donc, ton frère délaisse LA médecine pour cette Maéva ! réplique en riant Sandrine.

— Et ça le perturbe grave. »

Sur un air un peu plus sérieux, elle résume le début de l'histoire avec un intellectuel juif qui fuyait les nazis.

Après leur balade à vélo, Marianne et François devisent à bâtons rompus du voyage de ce dernier à Paris. « Alors, ta rencontre avec tes collègues ?

— Agréable, comme d'habitude. Nous avons confronté nos appréciations concernant deux étudiants qui sortent du lot. Le premier connaît le Code pénal comme s'il le récitait tous les soirs avant d'aller dormir. Malheureusement pour lui, son élocution ne suit pas. Je lui conseillerai de se présenter au concours de la magistrature. La seconde me fait penser aux ténors des prétoires. Elle fera certainement une grande avocate tant son argumentation est de haut niveau. Quant à notre comité d'aide au pilotage de la réforme, nous avons déposé un embryon de propositions en vue d'une prochaine rencontre avec la Ministre à la fin du mois d'août. Et toi, ma chérie ?

— Chaise longue, lecture, compétition de scrabble face à mon PC et surtout une rencontre bien sympathique avec la responsable de la médiathèque du village. Je l'ai invitée à dîner un de ces soirs avec son compagnon. »

De son côté, Philippe a occupé sa matinée à nettoyer sa boîte mail et à répondre aux courriels. Il part vers onze heures trente pour un match de tennis avec son nouvel ami Alain. Après des échanges de bon niveau et une douche bienfaisante, ils déjeunent au foyer du club. Ils y sont rejoints par la petite amie d'Alain. Sylvie, étudiante en troisième année d'école de commerce à Vichy, est, pour le grand bonheur du jeune homme, proche confidente de Maéva. La conversation tourne autour de leur futur respectif. Alain et Sylvie pensent s'installer dans le village. Leur nouvel ami évoque la rencontre du lundi précédent. Mon amie, c'est quelqu'un de bien, une fille super ! précise Sylvie. Après le bac, elle a décidé de se présenter au concours de la prestigieuse école hôtelière de Genève. Elle est aujourd'hui en dernière année, c'est pour cela qu'elle travaille dans cette auberge étoilée. Au cours de leur échange, Philippe ressent un trouble inconnu, comme un mélange d'incrédulité et de certitude qui s'affrontent en combat singulier pour prendre le pouvoir sur ses pensées vis-à-vis de l'objet de son émoi. Il ne fait pas mention de leur prochain rendez-vous au Club-House du golf.

Les amies reviennent de Vichy vers dix-sept heures. Elles sont accueillies par un travailleur qui tente d'apprendre son cours d'hématologie confortablement installé dans un transat.

« Est-ce que l'on révise un samedi ? l'interpelle Sandrine dans un grand éclat de rire.

— Non, mais je me fais violence », rétorque-t-il du tac au tac.

Vêtu d'un pantacourt et d'un maillot bleu ciel, le paternel s'affaire à préparer le barbecue en l'honneur de Sandrine, considérée comme sa deuxième fille. Son père, juriste d'entreprise, aujourd'hui disparu, entretenait avec François des relations amicales. Pour son anniversaire, Sandrine lui avait offert le DVD *Le juge et l'assassin* avec Michel Galabru et Philippe Noiret. Philippe a invité Alain et Sylvie, sa mère, de son côté, Yves et Monique. *Seule Maéva manquera à l'appel.*

Le dimanche, après la visite familiale au marché du village où le lien social se tisse au gré des transactions, un déjeuner copieux et convivial réunit le clan de la Bastide. L'après-midi, les deux inséparables visitent la base nautique. Marianne affronte son PC pour une énième partie de scrabble et, enfin, François s'octroie un break. Son fils replonge dans ses cours, avant de retrouver la Belle au Club-House du golf. Il arrive en avance et s'installe, impatient, sur la terrasse. La sublime Maéva de bleu ciel vêtue apparaît peu après. Après un échange de bises, elle prend place en face de lui et c'est elle qui ouvre les débats. Je suis bien contente que cette journée s'achève par notre rencontre ! Dans un geste de décontraction, elle dénoue sa chevelure, ce qui accentue son image de jolie créature. « Et toi ? Comment vas-tu ? Je suis vraiment heureuse de te revoir. Il l'observe et son cœur s'emballe de plus belle, ne sachant par quoi commencer, il hésite.

— Pendant que tu travaillais et en attendant de te revoir, j'ai révisé mes cours. J'ai même eu le temps de faire un saut à Paris pour revoir un ami qui faisait une escale de six heures avant son prochain vol.

Maéva le dévisage en souriant, elle le sent bien appliqué dans son explication.

Ici avec Alain, il faut que j'assure au tennis ! Hier, en déjeunant avec lui, j'ai eu le plaisir de faire connaissance de Sylvie. Ton amie, si j'ai bien compris ?

— Eh oui ! Sylvie m'a appelée hier au soir, comme d'habitude. Elle m'a en effet parlé de votre rencontre, dit-elle en sirotant un jus d'ananas frais que venait de déposer le serveur. Nous sommes vraiment proches l'une de l'autre.

— Et toi ? Ton job dans cette auberge étoilée ? J'imagine que tu dois vivre des moments de grande tension, le client étant au centre de votre attention ?

— L'auberge a du succès pendant les mois d'été. Ça me donne l'opportunité de tester de nouvelles formes de management avec le personnel en salle, ma tâche consiste à assurer aux membres d'équipe des conditions optimales. »

La conversation se poursuit sur un ton badin, chacun faisant partager à l'autre les éléments de sa vie avec force détails et éclats de rire quand Philippe évoque sa première garde au CHU : Tu vois, je me souviens de ces premiers temps où je préparais un grand Thermos de café, au cas où…

Il parle de ses projets professionnels, de sa conception de la vie. Il aborde même l'idée qu'il se fait du couple, en observant discrètement sa belle interlocutrice. Celle-ci reste lisse, mais avenante et attentive. Elle glisse dans sa présentation quelques exigences sur le futur qu'elle voudrait vivre. Leurs mains se frôlent sans que la belle se dérobe. Opérant avec tact, elle veut découvrir qui est ce futur médecin et quelles sont ses véritables intentions à son égard. La jeune femme n'est pas pressée. À l'invitation au restaurant pour le soir même, elle objecte avec son sourire désarmant : « Non, pas ce soir. Je suis fatiguée et je voudrais me reposer. La semaine a été tellement éprouvante. Mais, demain soir, jour de repos, je suis partante, si tu es libre bien entendu et si ton invitation tient toujours ?

— Et tu connais un endroit sympa, je présume.

— Bien sûr ! Il y a une auberge sur le bord de l'Allier. Je n'y suis pas connue en qualité de professionnelle, idéal pour passer incognito. Le cadre est agréable, je t'envoie les coordonnées. »

Avant de se séparer, le reste de la conversation est marqué par les fous rires de Maéva lors du partage d'anecdotes professionnelles, elle est bien contente d'avoir vécu ces instants avec lui. Après les bises d'un au revoir, il la raccompagne jusqu'à sa voiture, en précisant qu'il viendra la prendre vers dix-neuf heures ce lundi. En passant devant lui, elle lui envoie un baiser et Philippe se met à espérer.

La soirée et la nuit sont d'un calme olympien, troublées çà et là par des éclats de rire provenant de la chambre des deux complices. Le sommeil a bientôt raison des hôtes du logis et laisse le silence prendre le contrôle de la Bastide.

Lundi. Le tennisman amateur se réveille le premier, le poignet droit douloureux. Il ne présente ni gonflement ni couleur anormale. *Du repos, Monsieur ! Du repos !* déclare-t-il au miroir de sa salle de bain à un patient imaginaire.

Charlotte appelle Camille pour lui confirmer leur prochaine rencontre. Elle fait visiter le grenier à Sandrine sans lui détailler ses découvertes. Elles mettent une dernière touche à leur tenue avant que ne vienne le moment du départ de Sandrine. L'intercité Vichy-Paris est annoncé pour un départ à 11 h 56, Philippe les accompagne. Après avoir déposé Sandrine à la gare, il offre un café à sa sœur et lui raconte son rendez-vous galant et, par la même occasion, son projet de dîner du soir. La taquine sourit et chuchote « Mon frère est amoureux. Bravo !

— Je voudrais lui apporter un petit cadeau, propose Philippe. Alors, j'ai besoin de toi.

Ils arpentent la galerie marchande en face du Grand Hôtel et trouvent une étole couleur pastel.

— Je crois que cela lui ferait plaisir, conseille-t-elle avec conviction. »

Ils vaquent ensuite à leurs occupations respectives. Charlotte fait le point sur les notes prises lors de ses rencontres avec l'octogénaire. Tout est bien ordonné dans sa mémoire. Elle fait l'hypothèse que, pour donner un semblant de sens à sa vie, cette dame doit revivre en permanence ces épisodes particuliers.

Philippe, plus apaisé, se plonge dans un cours sur la relation médecin-patient. Il choisit de porter pour la soirée un 501 clair et une chemise du même ton avec l'éternel nœud rose en guise de griffe. Il prend une veste légère, sans oublier l'étole en soie présentée dans une pochette aux couleurs de l'été. Il arrive et sonne à la porte d'entrée de la bâtisse arborée à l'entrée du village. Monique l'accueille et l'invite à entrer. Ils se saluent chaleureusement. Il faut dire que, depuis la signature chez le notaire, des relations amicales se sont instaurées spontanément, Camille n'étant pas étrangère à cette atmosphère de sympathie réciproque. Quelques minutes pour échanger des banalités et elle apparaît dans l'encadrement de la porte, dans une robe qui laisse entrevoir de longues jambes bronzées. Elle porte un pendentif en or blanc et son maquillage discret souligne ses yeux clairs. Le palpitant du *toubib* accélère la cadence puis revient à de meilleurs sentiments. Elle dépose une bise discrète mais appuyée sur sa joue. Celui-ci sourit. Prenez donc un verre de jus de fruits avant de prendre la route, propose son père. Puis ils prennent congé avec, dans leurs sacs virtuels, les inévitables recommandations de prudence. En montant dans la voiture, Maéva s'esclaffe : « Tu aurais pu choisir un modèle mini !

— La prochaine fois, j'emprunterai la Porsche du chef de service », en la gratifiant d'une œillade complice.

Il leur faut trois quarts d'heure pour atteindre l'établissement situé sur un promontoire. Le maître d'hôtel leur propose une table avec vue sur le fleuve et baignée de ce soleil du soir que filtrent de légers voilages. Ils prennent place l'un en face de l'autre et, pendant qu'elle pose son sac, Philippe lui tend le présent en ajoutant : tiens, c'est pour toi ! Elle prend le cadeau, s'empourpre le temps d'un temps, ouvre la pochette et découvre l'étole qu'elle place autour de son cou. Elle se lève, fait le tour de la table et dépose un franc baiser sur sa joue gauche. Elle se rassoit et déclare : je te remercie. Je la trouve vraiment jolie. Elle fouille ensuite dans son sac à la recherche d'un miroir de poche qu'elle lui présente, et celui-ci découvre la marque rosée de ses lèvres sur sa joue, ce qui entraîne un fou rire partagé. Après la dégustation d'un bar rôti, de noix de Saint-Jacques au whisky, arrosés d'un Klevener de Heiligenstein, dernière trouvaille du sommelier, ils partagent en riant leur dessert. Philippe possède les caractéristiques d'un jeune homme amoureux. Il vit ce moment de bonheur intensément. La jolie manager de l'auberge gastronomique, quant à elle, l'observe avec attention. Elle se sent bien avec lui mais, prudente, elle ne veut pas que ces heureux moments deviennent cauchemar quand le froid se sera installé dans le village. « Vraiment merci pour notre super soirée ! déclare-t-elle en se noyant dans ses yeux.

— Moi aussi, j'ai vécu un moment fantastique. Quand puis-je te revoir ?

— Quand cela nous fera plaisir à tous les deux ! Nous avons téléphone, mail et SMS pour rester en contact », repartit-elle, malicieuse.

Ils quittent l'auberge vers vingt-deux heures quinze, en se tenant par la main de façon épisodique. Assis sur un banc près du fleuve, ils observent le ciel limpide à cette heure et, comme la fraîcheur du soir se fait sentir, Maéva ajuste son étole pendant que Philippe pose sa veste sur ses épaules. Ils restent un certain temps silencieux avant de reprendre leur conversation sur le chemin du retour. Quarante minutes plus tard, ayant garé son véhicule, il la gratifie d'un baisemain, tandis qu'elle dépose à son tour un baiser sur ses lèvres. À plus tard pour un SMS… Elle sourit et acquiesce de la tête. Elle sort de la voiture et regagne sa maison. En arrivant chez lui, il compose un texto, *Je pense à toi, je t'embrasse. À demain, fais de beaux rêves.* La réponse de la destinataire est plus courte, *Je pense à toi, bisous à demain.* C'est sur ces promesses que les jeunes gens laissent le sommeil envahir leur conscience et les guider vers le royaume des rêves.

À nouveau, la Bastide offre à ses habitants un écrin de silence et de sécurité.

Un léger vent d'est traverse la France en ce nouveau mardi de juillet, il pousse les nuages vers l'ouest et rafraîchit la température. Marianne et François sont déjà à pied d'œuvre et préparent leur équipement pour leur promenade sportive. Leur fille, silencieuse mais volontaire, travaille son prochain rendez-vous. Philippe, de son côté, est heureux. Il revit la soirée avant de s'immerger dans son cours d'hématologie mais, histoire de s'aérer, il opte pour une balade à vélo. Son repas du matin, à base de nutriments riches en énergie, consommé, il part donc sur les routes du département pour réfléchir à son aventure. L'été constituant une période propice à la pratique sportive, il croise nombre de vacanciers. Vers onze heures quarante-cinq, alors qu'il faisait une pause sur le chemin de retour, une alarme lui indique l'arrivée d'un SMS. *Au secours, Dr ! Voiture en panne. Peux-tu venir me chercher à la fin du service vers 23 h ? Bisous.* En retour, il transmet, *Secours d'urgence programmé avec grand plaisir ! À ce soir, Bisous.*

Quatorze heures précises, Charlotte se présente à la réception. L'hôtesse l'accueille en souriant : elle vous attend ! Toujours lumineuse, Camille l'étreint puis l'invite à prendre place tout en déposant quelques papiers noircis de sa belle écriture sur ses genoux. Elle porte, ce jour-là, une longue robe de couleur foncée. « Alors, nous en étions arrivées au moment de la préparation du départ de Dan vers la zone Sud, sauf erreur.

— C'est bien cela. Je suis prête.

— Le 25 octobre 1942, ma sœur, qui effectuait des traductions à la Kommandantur, surprit une conversation entre deux officiers. Ceux-ci confirmaient la date du 10 novembre suivant pour l'envahissement de la zone Sud. Le lendemain, au marché, un autre homme que Jean me transmit un document sur lequel était seulement écrit : *Ce soir 22 h.* Mon cœur s'emballa. J'avais envie de courir ! Mais, m'attardant devant les stands sur le marché, je tentais de maîtriser mon émotion. En arrivant chez nous, je me suis blottie en larmes dans les bras de Dan. Ce dernier me consola longuement. Le soir, je trouvai ce joli texte sur mon oreiller :

Je partirai demain
Sans savoir où l'on va
Ma vie ne sera rien
En étant loin de toi
Je reviendrai un jour
Après une longue nuit
Nous parlerons d'amour
Pour célébrer la vie

Son optimisme me désarçonnait. J'aurais vraiment souhaité partager ses pensées, mais je me voyais plutôt à nouveau seule, dans un pays en guerre où la confiance entre les citoyens fluctuait au rythme des nouvelles. Il avait commencé à préparer un sac tout en répétant sans cesse les formules, fruits de ses recherches, ainsi que les adresses des contacts possibles dans le sud de la France ou ailleurs. Mes larmes rythmèrent notre conversation du soir, lui, conserva son humour pendant notre maigre repas. Parmi les vêtements de Bernard, il choisit les plus sobres, les plus neutres, enfin… les moins susceptibles d'attirer une quelconque attention.

À vingt-deux heures précises, on toqua à la porte. C'était Jean. Le temps était comme suspendu. Après un silence, Dan m'embrassa et, me serrant très fort contre lui, il glissa à mon oreille : *attends-moi. Je reviendrai, mon amour*. Jean posa la main sur son épaule et se saisit de son maigre bagage. Nous fîmes le noir dans la cuisine puis ils sortirent sans faire le moindre bruit. L'objet de mon amour se retourna. J'aperçus son sourire dans la nuit. Le portail tourna lentement sur ses gonds sans grincer. Ils s'évaporèrent dans une nuit sans lune.

Inutile de te raconter ma solitude, ma chère Petite. Des larmes, de la souffrance, de la tristesse, et de brefs repos, première nuit d'une nouvelle solitude. Le matin arriva et, malgré mon chagrin, je décidai de ne rien changer, ni à mes habitudes ni à mes vêtements. Je m'imposai une touche de coquetterie féminine invisible pour me rattacher à Dan.

La nuit du 10 novembre 1942, l'envahissement de la zone Sud était en phase de réalisation. Le soir même, mon père me rassura, l'exfiltration avait réussi. Il avait été accueilli par le réseau qui devait le conduire au-delà de Lyon. Je tombai dans ses bras. J'étais heureuse, sans voix, et mille images envahirent mon esprit. Dans les jours qui suivirent, mon opinion sur la situation évolua. Bien sûr, la solitude me pesait mais l'espoir de savoir Dan en vie constituait un puissant élément de motivation. Je reverrai l'homme qui m'aimait, ce fugitif, cet inconnu qui, un soir de juillet, avait fait irruption dans ma vie de veuve de guerre. »

Elle s'arrête soudain. Quelques secondes pour reprendre son souffle et, en sirotant son jus de fruit préféré, elle a enjambé les décennies. Elle regarde fixement Charlotte. Elle cherche dans le fond de ses yeux comme une forme d'approbation. Celle-ci, tout en vérifiant la qualité de son enregistrement, lui renvoie une expression de bienveillance et demande : « Quand voulez-vous que je revienne ?

— Quand tu veux, ma chérie ! Nous ferons un tour dans le parc. Demain, je vais faire les magasins à Vichy avec ma nièce. Alors, disons jeudi. »

Elles s'embrassent chaleureusement puis l'habitante des Fleurs Bleues rejoint la salle de télévision pour suivre l'émission *Des chiffres et des lettres*.

À la Bastide, la vie s'écoule avec un certain bonheur, les occupants profitent de ce temps de vacances pour se ressourcer et pratiquer leur hobby. Depuis l'appel du matin, Philippe éprouve une certaine forme de quiétude. Il a bien avancé dans la révision de son cours d'hématologie. Dans les entractes qu'il s'accorde, le visage de la Belle revient en boucle, égrenant les heures qui les séparent de leur prochaine rencontre. En bon futur médecin, il essaye d'adopter la position d'observateur, tentant d'assagir les revendications de son être ! Il doit laisser plus de place à l'analyse, à la réflexion. Avec l'entrée en scène de Maéva, que deviendra son projet de vie ? Répondre à cette interrogation signifie la mise en place d'éléments dynamiques afin d'équilibrer les différentes parties de son existence. Marianne l'interrompt dans sa réflexion, venant prendre des nouvelles de sa petite amie et, surtout, de son prochain stage à Paris.

De son côté, Charlotte décrypte son enregistrement.

Philippe quitte La Bastide vers vingt-deux heures vingt. Il arrive à proximité de l'auberge au moment où les derniers clients quittent l'établissement. Petit SMS, *Secours d'urgence prêts à intervenir*. Maéva réplique, *Patiente prête à être déplacée, Bisous.* Elle l'attend de noir vêtue sur le pas de l'entrée. Elle dépose un baiser sur ses lèvres et, discrétion oblige, elle n'accepte pas qu'il lui prenne la main, préférant lui offrir un clin d'œil discret en présence du directeur. Ce dernier leur prépare un cocktail. « Mes amis ! Je vous offre une de mes inventions à apprécier sur la terrasse. L'entrée principale est fermée, vous passerez par la cuisine. Je vous confie ma manager préférée. Passez une bonne soirée ! » Le jeune homme, un peu pris au dépourvu, se confond en remerciements. Ils s'installent dehors avec le croissant de lune pour seul témoin. Les myriades d'étoiles leur offrent un spectacle haut en couleur et les invitent au bonheur. Il l'enlace, elle acquiesce et sourit dans la nuit. Ils vivent un moment silencieux, dégustant le jus d'ananas goyave agrémenté de sucre de canne et d'une pincée de ginseng. La jeune femme avoue à voix basse. « Philippe, je ne sais plus très bien où j'en suis… Je me sens bien en ta présence, mais… j'ai peur…

— Oh ! Comme je te comprends ! Moi aussi, je suis heureux quand tu es là et il referme sur elle ses bras. Prenons notre temps pour vivre et en parler… »

À ce stade, ils ne savent rien l'un de l'autre, hormis qu'ils vivent dans des familles aimantes. L'étudiant est promis à une belle carrière dans le monde médical. Maéva possède les qualités qui lui ouvrent les portes des hauts lieux gastronomiques d'Europe. Les pauses qu'ils s'accordent constituent des no man's land dans lesquels ils se réfugient pour ainsi apprécier leur présence respective. Leur amour naissant a besoin de temps pour grandir. Sur le chemin du retour, ils gardent leurs mains l'une dans l'autre au mépris des règles de la sécurité routière, la jolie manager passant les vitesses ! Ils atteignent leur destination et, le moteur coupé, ils optent pour une plage sans parole. Fatiguée par une grande activité déployée au cours de la journée, Maéva s'assoupit dans les bras de Philippe, il dépose un baiser sur ses lèvres pour la réveiller. Toujours un peu craintive, elle se plonge dans ses yeux puis sort de la voiture en lui glissant « Ce soir, un SMS de toi ? », il sourit et met le cap sur La Bastide. En arrivant, il expédie sur le champ un texto, *J'ai encore besoin d'un instant près de toi. Bisous à demain*. La réponse attendue fuse, *Je pense très fort à toi, bisous. On s'appelle demain. On irait bien en boîte dimanche soir ?*

8
Je t'écris de…

Jeudi. Comme d'habitude, elles se retrouvent pour un nouvel entretien. Sans s'attarder sur des futilités, Camille retourne dans sa jeunesse.

« Après le départ de Dan, j'ai réorganisé mon temps et, pour sortir de mon isolement, j'ai démarré une activité d'écrivaine publique. Certaines femmes de la région, ne maîtrisant pas bien la syntaxe ou la grammaire de notre jolie langue, avaient besoin d'aide pour correspondre avec leur mari prisonnier ou pour gérer leurs relations avec l'administration. Ces moments bienvenus me permettaient de tisser du lien social et de partager l'actualité avec mes semblables. »

Sentant une ouverture, la journaliste en herbe intervient et lui demande quand arrivèrent les premières nouvelles de Dan.

« Oh ! Comme ce fut long ! Seulement en décembre 1942, enfin ! Mes journées étaient bien sûr structurées : mon travail d'institutrice, mes activités d'écrivaine et l'aide pour mes parents. Alors, sans le montrer, j'attendais un signe de lui, avec inquiétude. J'écoutais la radio, mais celle-ci était aux mains des collaborateurs… Lorsque je croisais Jean, je cherchais le moindre signe, le moindre sourire me permettant de deviner s'il avait un message pour moi. Enfin, je reçus par une personne de confiance de mon père la première lettre de celui pour qui je tremblais. Ah ! À vrai dire, elle n'avait rien d'une missive d'amour. Sécurité oblige ! Ce courrier se voulait être un rapport de visites adressé à la secrétaire de l'entreprise de mon père… J'étais donc en plus secrétaire (!), censée exercer cette fonction en plus de mes activités habituelles.

Tu vois, ma Charlotte, j'ai conservé beaucoup de documents concernant son périple. Quelques éléments ont disparu, certains victimes de rangements trop rapidement effectués dans la mansarde de la Bastide, et d'autres furent endommagés par une fuite d'eau dans la toiture. Heureusement, la plupart des lettres me permirent, d'une certaine manière, de cheminer à ses côtés vers l'accomplissement de son rêve. Et ma mémoire, soutenue par mon amour pour lui, garde des traces plus ou moins précises de certaines situations. Je ne cherche pas à écrire un livre d'histoire mais surtout à raconter, à une personne que j'aime, une histoire d'amour, mon histoire, un peu singulière bien que sans prétention.

— Ainsi, vous m'avez choisie comme confidente ? Sachez que je suis vraiment touchée par votre marque d'affection. Je reste à votre écoute !

— Alors, prête pour notre voyage ? Nous remontons le temps !

Ayant précédé les troupes de l'envahisseur, Dan fut pris en charge par un groupe de résistants. Ils l'ont caché pendant plusieurs semaines. Au cours de cette période, il forma ces combattants de la liberté à la découverte de la physique des explosifs et les précautions à prendre en cas de manipulation. Les personnes – en majorité des hommes – engagées dans la

Résistance étaient issues de milieux sociaux divers, et il lui fallut s'adapter.

Lyon, 25 novembre 1942
Chère Madame,
Les clients sont nombreux, mais compte tenu de la situation de notre pays, les ventes sont difficiles. Les clients de Mâcon, Belleville-sur-Saône et Lyon vous adresseront leurs prochaines commandes.

Bien à vous. Je ne DEMAnde qu'à vouS être uTile. 1.

Son objectif final était de fuir les armées ennemies pour atteindre la Grande Bleue et passer en Afrique du Nord. La population juive y jouissait d'un sort meilleur depuis le débarquement des Alliés sur ce territoire en novembre 1942. Un soir, alors que le soleil commençait à décliner, mon père m'apporta une nouvelle lettre, le regard dans le vide, signe de mauvaise nouvelle. Il me fit part d'un attentat contre un colonel de la Waffen-SS, au nord de Lyon. Cet événement plongea ce village dans la souffrance des représailles mises en place par les Allemands. D'après ce qu'on disait, dans certains endroits, l'occupant subissait des revers sur le terrain, en particulier au Grand Est.

Aix-en-Provence, 3 janvier 1943
Chère Madame,
Nos produits sont toujours bien appréciés dans la région.
J'ai visité des clients fidèles qui, dès que leur stock atteindra un niveau critique, passeront des commandes. La ville d'Aix-en-

Provence renferme des trésors, mais je n'ai pas le temps de faire du tourisme.

Le travail est une souffrance et la solitude me pèse.

Mes confrères sont cependant optimistes. J'ai rencontré un homme venant de l'Est de la France. Il m'a parlé d'un pays d'Orient où il fait bon vivre.

Bien à vous. Je ne DEMAnde qu'à vouS être uTile. 2.

Dans la région d'Aix-en-Provence, le réseau de résistance était particulièrement actif. Il assurait les liaisons entre les combattants et les hommes de la France libre basés à Londres. Encore une fois, et afin d'être reconnaissant envers ceux qui le cachaient, le doctorant partagea ses compétences et mit son sens de l'analyse à leur service. Disposant de moyens et de connaissances quelquefois limités, les combattants de l'ombre apprécièrent à sa juste valeur son apport. Au cours de la courte visite à ses amis polonais, il entra en contact avec un transporteur de bois qui le conduisit vers Marseille.

Cela faisait déjà plus de trois mois que nous nous étions quittés.

Ma vie avait peu changé, tout au moins dans son organisation. Je m'impliquais de plus en plus dans mon activité d'écrivaine publique. Les nouvelles que nous partagions, les uns avec les autres, étaient constamment sujettes à caution, tant il était difficile d'y accorder du crédit, une certaine forme de méfiance régnait parmi la population. Et ça, c'est particulièrement désagréable à vivre, crois-moi !

De mon côté, je demeurais fidèle à notre promesse. Énergiquement je m'accrochais aux souvenirs de ces moments de bonheur qui nous avait soudés. Malheureusement, ma famille me soutenait sans grand enthousiasme dans ces instants de solitude et d'interrogations permanentes. J'attendais donc, toujours avec une certaine impatience, un signe de lui, même si celui-ci n'était formalisé que sous la forme d'un modeste rapport provenant d'un banal représentant de commerce.

Un événement dramatique vint briser cet équilibre. Le jeune chercheur juif, Ruben, avec qui mon frère travaillait à la mise au point et la production d'un nouveau produit destiné à améliorer les rendements agricoles, fut arrêté. Ainsi un matin, à l'aube, la police et l'armée d'occupation l'embarquèrent avec les siens pour le camp de Beaune-la-Rolande. Cet événement tragique me rapprocha de mon père et nous plongea dans une profonde tristesse. L'armée allemande avait atteint depuis longtemps les rives de la Méditerranée. Dan, toujours aidé par des réseaux de résistance, atteignit Marseille de nuit alors que le mistral soufflait sans répit depuis déjà deux jours.

Marseille, 25 février 1943

Chère Madame,

La ville est lumineuse. Ses clients, avec leur accent chantant, parlent beaucoup. Certains m'attendaient pour formuler moult réclamations. Ceux qui ont reçu leurs dernières commandes sont satisfaits, même si les affaires avec certains cultivateurs ne sont pas actuellement florissantes.

Je ne sais si la poste fonctionne dans les pays d'Afrique du Nord...

Bien à vous. Je ne DEMAnde qu'à vouS être uTile. 3.

Dans la cité phocéenne, Dan se rendit avec prudence à une adresse connue de lui seul. De fil en aiguille, après maintes tergiversations et plusieurs rendez-vous reportés, il réussit à contacter UN représentant de l'Agence juive en France. Cet organisme, encore embryonnaire, mettait en place une structure opérationnelle. La tâche était complexe. Le jeune homme était un inconnu et chacun évitait, à cause des risques possibles, de dévoiler sa véritable identité. Étudiant français, certes, mais d'origine étrangère, il avait pu échapper à la rafle du Vel' d'Hiv' en juillet 1942… Que de difficultés pour faire admettre sa bonne foi ! Ces problèmes majeurs s'estompèrent instantanément quand un nouveau venu, néerlandais d'origine polonaise, affirma bien connaître la famille J. de Varsovie. Il cita même le prénom de son grand-père, auteur de nombreux ouvrages sur la pensée vétérotestamentaire. Ce nouvel entrant, Johan, médecin vivant à Eindhoven, parlait le yiddish avec un accent flamand. Il lui proposa donc de faire route commune vers la Terre promise via l'Afrique du Nord.

Les réseaux de la Résistance avaient accentué leurs harcèlements et les cheminots participaient à des actions de sabotage. De son côté, notre sœur pratiquait avec beaucoup d'adresse l'art du renseignement. La place du village, les abords de l'église, ou les bancs un peu délabrés constituaient, idéalement, des lieux de rencontres sûrs. Les hommes, peu nombreux, faisaient l'objet d'une surveillance assidue de la part de la Gestapo ou de la milice.

Je fréquentais avec assiduité l'église du village mais j'évitais les contacts étroits avec nos concitoyens. Il m'arrivait de prier pour celui que j'aimais à longue distance, mais j'avais bien du mal à imaginer notre vie future, sans réellement croire que nous nous reverrions un jour. Comment pourrions-nous vivre, une fois la guerre terminée ? Pourtant, Dan avait de l'ambition pour deux, c'est ce qui relevait mon courage. Un matin, une inconnue, attendant dans la file près de la boulangerie, glissa dans mon sac ce nouveau billet, attendu avec impatience.

Alger, mai 1943.

Chère Madame,

Quand nous sommes arrivés en Algérie de bon matin, le soleil, haut dans le ciel, augurait pour notre travail une bonne moisson de commandes. La population bigarrée nous a accueillis avec beaucoup d'amitié. Malheureusement, la situation économique fragile complique l'évolution favorable de notre activité. Nos clients apprécient cependant nos produits dont ils adaptent les quantités à répandre selon les saisons.

Étant donné que nous n'avons pas de clients en Tunisie, je prospecterai en Libye, voire plus loin.

Bien à vous. Je ne DEMAnde qu'à vouS être uTile. 5.

Avant le débarquement en Afrique du Nord, l'Algérie avait été occupée par les armées de l'Axe, également défavorables à la communauté juive. Les deux voyageurs furent accueillis dans un foyer dont un membre avait eu un rôle déterminant dans la neutralisation d'installations ennemies. Peu pratiquants, ils étaient cependant perméables à cette idée de *Terre promise*. Alors que l'Europe était à feu et à sang, le projet de Johan était de traverser le nord de l'Afrique jusqu'en Égypte ! Il espérait ainsi arriver par le sud du Sinaï ou, peut-être, par un port sur la Méditerranée… Leur passage par Tunis se fit de nuit, alors que la chaleur de fin de journée commençait à faiblir. Ils partirent vers l'est à dos de chameaux ou en camion quand le prix des passeurs était acceptable. Ils apprirent les us et coutumes des tribus du désert observant de leur mieux les comportements adéquats pour ne pas éveiller les soupçons. Plus loin, les populations juives parlaient parfaitement l'arabe. Elles leur fournirent, autant que possible, les indications des pistes utiles pour la poursuite de leur voyage.

Leur objectif étant d'arriver le plus vite possible en Terre promise, ils essayaient de recueillir un maximum d'informations auprès des trafiquants en tous genres. Ils apprirent en particulier comment évoluaient les positions des protagonistes. L'armée allemande, qui avait subi une cuisante défaite lors de la deuxième bataille d'El Alamein en novembre 1942, avait connu un sérieux revers, dans une autre partie du monde, devant Stalingrad en janvier 1943.

Profitant de l'occasion qui leur était offerte, Johan réussit à tisser des liens en vue d'acheter armes et munitions. »

Interrompant Camille, Charlotte fait alors la remarque suivante : « La formule de politesse paraît stéréotypée, des lettres en majuscules, un chiffre à la fin de chaque lettre en guise de signature… Qu'est-ce que cela signifie ?

— Eh bien, ma jolie, notre code ! Derrière cette simple formule de politesse suivie d'un chiffre se cachait notre code. Il authentifiait l'auteur, Dan toujours en vie, le chiffre représentait le numéro de missive, et tu vois, la quatrième lettre ne m'est jamais parvenue. Ainsi les lettres calligraphiées en majuscules, DEMA, S et T, pour écrire "*Je ne DEMAnde qu'à vouS être uTile*" nous permettaient de nous dire, et nous redire, "*DEMAin Sans Ténèbres*", une façon d'entretenir au chaud notre désir de vivre ensemble dans un monde plus heureux.

— Alors, vous étiez comme deux espions ! ajoute Charlotte en s'esclaffant.

— Des espions ? Peut-être pas. Des amoureux certainement, prudents ou, pour le moins, un peu rusés ! L'envahisseur était à l'affût, tu te doutes bien, du moindre message pouvant lui indiquer les futures actions de la Résistance ou des Alliés. »

Le temps passe trop vite ce jeudi après-midi. Bien que vaillante et volontaire, la vieille dame montre des signes tangibles de fatigue. L'intervieweuse vit l'histoire au même rythme que son interlocutrice, et son cœur bat au même tempo que celui de ces voyageurs du désert. L'entretien non directif favorise l'émergence de souvenirs. Camille revit son histoire, sa vie et cette activité de mémoire se fait sans aucune marque de souffrance. Elles décident de faire une pause le temps d'un week-end. « Et toi ? Que vas-tu faire ce week-end ?

— Je vais réviser mes cours de physique et profiter du beau temps prévu pour visiter la région. En tous cas, je reviendrai vous voir mardi prochain.

— Marché conclu ! » acquiesce-t-elle en affichant son sourire gonflé à l'optimisme.

Le week-end ressemble au précédent.

Samedi, François et son épouse s'adonnent à leur passe-temps favori, balade à vélo, puis déjeuner en amoureux dans une sympathique auberge au bord de l'Allier. Marianne se culpabilisait parfois de profiter de la vie, ayant encore l'humeur chagrine par la perte d'une amie chère qu'elle avait accompagnée au quotidien dans sa longue maladie.

De son côté, Philippe a convaincu Alain et Sylvie de les accompagner dans une boîte à la mode de Vichy. Aussitôt, il envoie un SMS annonçant à Maéva le bonheur de partager une soirée avec leurs amis, *Je passe te prendre dimanche vers 18 h. Nous irons dîner avec Alain et Sylvie à Vichy et ensuite nous irons danser. Ils s'occupent de tout. Je pense à toi, Bisous.* Vers quatorze heures, la réponse de la Belle arrive sur l'écran de son smartphone : *Merci, mon A., à bientôt bisous*. Le mot est libéré

(!), au moins dans sa formulation abrégée. Il relit le texte vingt fois et son cœur fait un bond vers quatre-vingt-neuf pulsations par minute, au moins ! Depuis que sa voiture était en panne, la jeune manager rejoignait son lieu de travail à vélo et Philippe venait la prendre vers vingt-trois heures pour la raccompagner à son domicile.

Ils profitaient de ces occasions pour se raconter, se dévoiler et aussi vivre des moments de bonheur silencieux, la Belle s'endormait alors dans les bras de son soupirant. En prenant le temps nécessaire à la réflexion, ils s'acheminaient vers une déclaration commune…

9
L'accident

Neuf heures ce dimanche matin, alors qu'il est à peine réveillé et que nonchalamment sa pensée se dirige vers le visage de celle qui le fait vibrer, son smartphone, jusqu'ici silencieux, lui indique un appel entrant. Le jeune homme saisit l'objet connecté et découvre qu'il s'agit de Monique. Surpris, tous ses sens en alerte, il accepte la demande de communication. Il reconnaît la mère de Maéva. La voix nouée, elle cherche ses mots et lâche enfin : « Philippe, c'est Monique. Maéva a eu un accident. Un camion l'a renversée ce matin… Elle sanglote mais se reprend. Elle a été emmenée inconsciente au CHU de Vichy. Son père vient de s'y rendre. Un nom, une adresse, il ne lui en faut pas plus pour comprendre la gravité de l'événement. Tout en s'habillant, il essaye de rassurer Monique.

— Je file immédiatement au CHU et je vous tiens au courant. Vous avez bien fait de m'appeler, je vous embrasse.

— Merci, répond-elle dans un sanglot. Elle vous aime, vous savez… »

C'est le branle-bas de combat à la Bastide. Promptement, tout un chacun lui propose de l'aide. Il avale une tasse de café que lui tend Marianne, pendant que son père sort la voiture du garage. Sans tarder, sa sœur ouvre le portail et contrôle, en s'installant à ses côtés, smartphone, tablette et, en cas de besoin, les connexions indispensables. Les kilomètres qui les séparent de Vichy seront vite franchis. Yves les attend à l'entrée des

Urgences. Philippe se présente à l'accueil et, tout en se prévalant de son statut d'étudiant en sixième année de médecine, il ajoute qu'il est le fiancé de Maéva (le mot est lâché !). La coordinatrice l'informe qu'elle est au bloc, le chirurgien le rencontrera en compagnie du père de la blessée dès l'intervention terminée. Le groupe ainsi formé est invité à patienter en salle d'attente, Charlotte assurant l'intendance en termes de café et de croissants. Tout en tenant la main tremblante de Yves, elle observe son frère. Celui-ci semble grandi, plus déterminé. En cet instant, elle ressent une grande affection pour Maéva qu'elle voit comme faisant déjà partie de leur famille. Yves ne parle pas beaucoup, sonné comme un boxeur, les yeux dans le vague, jetant parfois un coup d'œil en direction du prétendant comme si ce dernier pouvait se transformer en sauveur. Le jeune homme, de son côté, essaye d'endosser le costume du médecin, plein de confiance en sa science et ses techniques, d'autant plus qu'il s'agit de son élue. L'étudiante, quant à elle, est le prototype même de la sœur indispensable, chipie pendant son enfance mais ce jour conseillère, confidente souvent stratège, armée d'une clairvoyance et d'une intelligence de la tâche hors du commun.

Monique arrive, plus tard, accompagnée par Marianne, elle paraît avoir vieilli de dix ans en une heure ! Toutes les pensées de Philippe vont vers sa Belle, il a déjà imaginé tant de projets avec elle. Maintenant devant ce mur de difficultés, il est pris d'assaut par une kyrielle de questions. Que se passe-t-il en ce moment dans cette salle d'opération ? Est-elle vivante ? Ou bien, sont-ils en train de procéder à son autopsie ? Pourtant, Il lui faut garder son sang-froid et faire preuve de responsabilité !

À douze heures cinquante seulement, le chirurgien sort de la salle d'opération. Tout en retirant son masque, il s'approche.

L'étudiant se tenait en retrait laissant la primeur de l'information aux parents mais ces derniers lui demandent de s'approcher.

« Madame, Monsieur, pardon, Messieurs, bonjour. Puis il s'adresse à Monique et Yves, votre fille a été victime d'un accident de circulation. Elle a subi un traumatisme crânien avec perte de connaissance. Heureusement, son casque a bien résisté au choc. Prise en charge en urgence par notre équipe, son état général a été stabilisé. La radio ne montre qu'une fracture des côtes pour laquelle nous avons posé une bande protectrice.

La voix tremblante, Monique demande :

— Vous pensez qu'elle aura des séquelles ?

— Nous n'avons pas observé d'autres dommages, notamment au niveau de la colonne vertébrale, ce qui veut dire qu'elle va marcher et se mouvoir normalement. Les images à l'IRM sont rassurantes et ne montrent aucune lésion significative sur le plan neurologique en particulier. Bien sûr, nous la gardons en observation pour faire le point avec une batterie de tests neuropsychologiques. En résumé, à ce jour, pas de séquelles physiques à craindre. Mais il faudra prévoir un investissement dans un nouveau vélo, ajoute-t-il en souriant.

— Et nous pouvons la voir ? interroge Yves.

— On l'a installée en salle de réveil et elle ne pourra recevoir de visite avant ce soir, disons… dix-neuf heures quinze. Comme j'ai appris qu'il y avait un confrère parmi vous, je compte sur lui pour faire régner une certaine *discipline !* »

Pendant que tout le monde se congratule, le chirurgien salue chacun d'une franche poignée de main et adresse un clin d'œil de connivence à un futur confrère. « Étant donné que nous ne pouvons pas la voir de suite, nous devrions plutôt rentrer et revenir ce soir, suggère Philippe.

— Tu viendras seul, ou avec Charlotte, propose le père de la blessée et tu nous tiendras informés. »

Avant de quitter le CHU, Philippe s'approche du bureau de la cadre qui l'accueille sourire aux lèvres. « Je vous remercie, lui dit-il avec un filet d'émotion dans la voix.

— Tout s'est bien passé. Venez vers dix-huit heures trente au moment où le chef de service fait sa visite avec son équipe, il vous en dira plus, et puis vous faites partie de notre corporation. »

Charlotte prend le volant de la grosse berline de retour vers la Bastide. Son frère demeure silencieux mais son cerveau tourne à plein régime. Il visionne, en remontant le temps, le film de sa rencontre avec la Belle jusqu'à ce jour. Je reviendrai ce soir, elle a besoin de moi. Et après, nous verrons, estime-t-il à haute voix. J'aime quand tu penses comme ça, déclare sa sœur sourire aux lèvres.

Le reste du dimanche permet de contrôler la qualité des opérateurs téléphoniques ! Les échanges sont nombreux entre les deux familles et les amis qui cherchent à proposer leurs services. Vers seize heures, un appel de Sylvie lui redonne le sourire. Cette amie lui révèle combien Maéva se sent heureuse en sa présence. Chaque jour, dans la dynamique d'un projet amoureux, ces deux jeunes femmes décrivaient leurs espoirs de vie avec leur futur compagnon respectif. Plus tard, à l'heure du thé, un SMS ajoute un souffle de courage à sa détermination de rester au côté de la jolie manager. *Merci, Philippe, pour l'aide que tu apportes à ma petite-nièce. Je vous souhaite beaucoup de bonheur à tous les deux ! Je t'embrasse. Camille.*

Un peu plus tard, un appel du CHU ! Il a pour conséquence immédiate une accélération du rythme cardiaque et une augmentation de sa pression artérielle… La surveillante l'informe gentiment de la disponibilité en début de soirée du chirurgien.

Dix-huit heures quarante-cinq, CHU Service des urgences.

« Bonsoir, Philippe, vous permettez que j'appelle un confrère par son prénom ? démarre le chef de service et, sans attendre de réponse, il ajoute que la patiente ne présentera pas de séquelles, mais qu'elle aura besoin d'un environnement affectif dynamique pour élaborer ce traumatisme. Je reste à votre écoute, vous pouvez me joindre quand vous le souhaitez. Voici ma carte de visite, y figure mon numéro de portable personnel.

— Je vous remercie pour tout. J'ai appris beaucoup de choses en cette occasion et en vous rencontrant.

— Allez la voir, bon courage ! » ajouta le chirurgien en l'accompagnant jusqu'à sa chambre.

Ayant revêtu au préalable une blouse, un masque et s'étant désinfecté les mains, Philippe entre dans la chambre. Il constate avec satisfaction que la respiration de Maéva est normale, sans pause. Une perfusion était posée dans le bras droit et des capteurs posés sur différentes parties de son corps permettaient, via un écran, de contrôler son rythme cardiaque, sa pression artérielle et son taux d'oxygène dans le sang. Il chuchote à son oreille : hello, c'est moi. Sans réaction de sa part, l'amoureux entreprend de lui masser les paumes des mains. Il chante doucement, comme dans un murmure, la chanson qu'ils ont partagée ensemble un soir où, l'ayant raccompagnée jusqu'à son domicile, elle s'était assoupie dans ses bras. Au bout de quelques minutes, la blessée ouvre légèrement les paupières, qu'elle avait lourdes. Patiemment, il poursuit le tendre massage sachant qu'une sollicitation kinésique ajoutée à une stimulation de son système auditif aura bien pour effet de produire une réaction de compréhension de sa part.

Une demi-heure plus tard, il est interrompu par l'infirmière du soir venue relever les constantes. Elle sourit puis quitte la chambre sans mot dire. Il reprend la main de sa chérie, il a l'impression qu'elle presse la sienne légèrement en retour. Il décide alors de partir et dépose au travers de son masque un baiser léger sur son front sans fièvre. Elle ouvre alors doucement les yeux avant de sombrer à nouveau. Je reviendrai demain, mon amour, souffle-t-il puis il quitte sans bruit la chambre, en ayant vérifié, réflexe professionnel oblige, que le monitoring fonctionne correctement. En revenant à la Bastide, il rédige un SMS général informant les destinataires de l'état de santé de leur proche.

Lundi, il observe une légère amélioration et croit apercevoir un simple rictus au coin de ses lèvres ainsi qu'une lueur plus dense dans ses yeux. Soyez courageux, et patient. Continuez à la stimuler, lui conseille le patron du service, en lui pressant légèrement le bras. Philippe se voit ainsi embarqué dans son monde personnel de la souffrance. Son cœur et ses pensées sont mobilisés pour Maéva, un mois auparavant, elle ne représentait qu'un joli sourire. Faisant taire son monde intérieur, il se concentre sur la guérison et le retour à une vie normale pour celle qu'il avait appelée *Mon amour*, alors qu'elle était allongée sur un lit de douleur. Certes, il a déjà connu des moments difficiles, voire douloureux, dans sa vie mais, cette fois-ci, il s'agit de la jeune femme qui le fait vibrer. Synthétisant ses pensées, il commence à élaborer des stratégies pour organiser son futur, la reprise des cours et des stages hospitaliers, si possible, dans la région. Il tient ce discours caché aux oreilles des plus intimes, *Il me faut attendre que tout soit rentré dans l'ordre et je dois aussi réussir mes études de médecine*. De retour à la Bastide, il s'assoit sans mot dire devant la porte-fenêtre donnant accès au jardin.

Charlotte, fine observatrice de son frère, demeure étrangement silencieuse mais prête à l'assister. Elle a mis ses vacances entre parenthèses, comme le reste de la famille d'ailleurs. À David, son soupirant et néanmoins brillant étudiant en licence de physique, elle a sobrement expliqué la situation et proposé des échanges téléphoniques plutôt qu'une sortie à Paris. Ce dernier a offert l'aide et le carnet d'adresses de son père, neurologue reconnu pour ses travaux sur la maladie d'Alzheimer. Dans ces circonstances particulières, Philippe peut observer que chacun est disposé, et souvent prêt à agir, à prier, bref, à s'investir. Il a compris que tous ses amis vivent dans l'angoisse d'une mauvaise nouvelle.

Mardi, même le ciel est triste, les nuages pleurent depuis ce matin. La température est en chute libre, les vêtements de pluie transforment les passants en masses informes. Les réservations de court de tennis ou de parcours au club de golf sont annulées ou reportées sine die. Alain a eu une longue conversation ce matin avec son ami, proposant son aide. Vers dix heures cinq, Philippe appelle le médecin pour s'enquérir de l'état de santé de la blessée. « J'attendais votre appel, rétorque ce dernier. Je viens de finir mes visites du matin. Votre amie a manifesté des signes tangibles d'amélioration. Elle a ouvert les yeux et suivi le faisceau lumineux proposé par un interne, d'autre part elle a bougé ses orteils et tendu l'oreille aux propos de l'infirmier de garde. Venez dans l'après-midi.

— Merci beaucoup. À tout à l'heure. »

Pour ne pas s'éterniser dans un long discours avec les parents de la Belle, il envoie un SMS rassurant. Il y résume en une phrase l'échange qu'il vient d'avoir avec le médecin.

10
Benghazi - Alexandrie

Mardi après-midi

Fidèle à ses engagements, malgré l'ambiance mélancolique et la pluie qui mouille son visage et son sac, Charlotte apparaît comme prévu aux Fleurs Bleues. La pensionnaire l'accueille avec son optimisme habituel, elle lui confie : tu sais, je suis sûre que Maéva va s'en remettre. La jeune fille se contente de sourire et s'empresse de lui proposer de continuer son récit. Tout en manipulant son smartphone dans son application *enregistreur*, elle lui demande :

« Quels étaient les éléments qui vous permettaient de croire que votre amour était bien vivant et que Dan partageait toujours votre passion ?

Camille lève les yeux vers le ciel, cherchant dans les étoiles imaginaires un soupçon d'inspiration.

— Il nous fallait consolider une confiance mutuelle et notre foi dans l'avenir, j'en conviens. Je m'accrochais éperdument aux instants que nous avions vécus, aux promesses gravées au fond de nos cœurs. Tu vois, rien n'était facile. Allez, repartons donc en voyage toutes deux.

J'ai passé les fêtes de la fin d'année 1943 dans un pays défait et dans la solitude, la présence des miens ne m'était pas d'un grand secours. Personne ne pouvait transformer ce sentiment d'abandon qui m'envahissait. Nous avions, avant son départ, échangé un objet précieux, gage de notre amour. Dan m'avait offert un bracelet en or jaune avec le nom de sa grand-mère paternelle gravé à l'intérieur. Je conservais, comme la prunelle de mes yeux, cette pièce infime pesant à peine quinze grammes, vérifiant dix fois par jour sa présence dans un petit écrin. Il avait sa place sous mon oreiller, il était mouillé de mes larmes quand mon moral touchait le fond. Moi, je lui avais confié un pendentif avec ma photo à l'intérieur. J'avais envie et besoin que mon bien-aimé soit là, refaisant ses équations ou me parlant de son grand-père et de sa foi souvent mise à l'épreuve au cours de sa jeunesse à Varsovie. Je revivais les moments quand il prenait ma main pour entendre le récit de mon enfance à la ferme de mes grands-parents. J'avais dessiné une carte reprenant son périple et, chaque jour, j'essayais d'entrevoir les trésors d'imagination qu'il devait déployer pour traverser déserts et lignes ennemies. »

Centrée sur Camille et l'expression de son vécu, Charlotte n'intervient pas. Elle se contente d'afficher un comportement non verbal qui encourage la production du récit.

« Un soir, devant un maigre repas, une idée noire s'empara de mon être et de mon système d'analyse. *Est-ce que Dan pensait toujours à moi ? À nous ? Est-ce qu'il m'aimait encore ?* Ces questions restaient sans réponse. D'ailleurs, je n'ai jamais osé lui en faire part. Je me suis engagée dans un dialogue interne, une réflexion qui me renvoyait à ma solitude. Il est bien difficile d'être la femme amoureuse d'un fugitif en temps de guerre alors que l'abomination de la désolation règne en maître incontesté en Europe. C'est à partir de sa traversée de l'Afrique du Nord que ses lettres se firent plus rares. Son écriture paraissait plus résolue. Je pensais qu'il avait franchi des obstacles et qu'il était sûr de son destin.

Benghazi en Libye se trouvait éloignée de mille huit cents kilomètres de Tunis. Ils purent utiliser, après une réparation de fortune, un véhicule abandonné par l'armée britannique. La prudence étant la condition sine qua non pour la réussite de leur voyage, ils roulaient la nuit profitant d'un ciel sans nuage et d'une lune éclatante. Le jour, ils se dissimulaient à l'abri des dunes. Ils mirent cinq jours avant d'atteindre les faubourgs de Benghazi. Les Israélites en Libye étaient peu nombreux et leurs moyens limités, une partie d'entre eux fut d'ailleurs déportée. L'opportunité de rencontres furtives leur permit simplement une halte de deux ou trois jours pour se ressourcer. Ils consacrèrent ce temps à réfléchir sur leur action, à élaborer des stratégies pour poursuivre leur aventure jusqu'à la Terre promise. La victoire des forces armées alliées, et en particulier britanniques, à El Alamein en novembre 1942 sur les forces de l'Axe, leur ouvrait les portes de l'Égypte.

Sur le port de Benghazi, ils firent la connaissance d'aventuriers qui leur indiquèrent la meilleure route pour Alexandrie. Pour gagner de l'argent, Dan leur proposa d'apprendre à fabriquer et à manier de la meilleure manière possible des explosifs élaborés à partir des déchets de poudre et ingrédients abandonnés sur le terrain par les belligérants. Cette façon particulière de nouer des relations avec des inconnus, assoiffés d'aventure et de pouvoir, leur permit de comprendre les différentes composantes géopolitiques de la région. Ils s'équipèrent en vue d'assurer leur sécurité et récupérèrent du carburant pour le véhicule. Pendant ces opérations, le physicien se blessa : une écharde de métal déchira la semelle de sa chaussure et pénétra dans la plante du pied droit. Ils décidèrent d'attendre quelques jours avant de s'acheminer vers Alexandrie pour éviter que la plaie ne s'infecte. Le soleil aidant, les médicaments qu'ils avaient trouvés dans la trousse de secours du véhicule de fortune et l'expérience de Johan firent leur effet. Ils quittèrent Benghazi en direction d'Alexandrie en suivant la route maritime.

Dan apprit beaucoup de ces situations difficiles où, dans les régions désertiques qu'ils traversaient, après la chaleur étouffante du jour, il faut supporter le froid pénétrant de la nuit. Là, seul avec lui-même, fermant les yeux pour faire vivre mon image au fond de sa mémoire, il plaquait contre lui le fameux collier pour ranimer son courage. Scientifique et homme de foi, il ne pouvait avancer dans l'existence qu'en conjuguant ces deux éléments. La nuit venue, ils se déplaçaient à l'aide d'une vieille boussole tout en observant les constellations, Dan s'était ouvert sur notre relation particulière à son compagnon de voyage. Johan, plus âgé, lui avait cité en réponse un verset de la Bible affirmant que *Les ténèbres ne régneraient pas toujours* le renvoyant à un autre texte où il était conseillé de se fortifier et de prendre courage ! Ces deux-là savaient qu'ils étaient condamnés à réussir.

Depuis novembre 1942, l'Égypte vivait sous influence britannique hors de portée des forces de l'Axe. Éloignée de près de mille kilomètres de Benghazi, Alexandrie est un port important. Il rencontra, près de ce que l'on pouvait appeler les installations portuaires, un aventurier français prénommé Charles. Ce dernier trafiquait un peu dans tous les ports du bassin méditerranéen et se préparait à prendre un bateau en partance pour le Sud de la France via la Sicile. C'était une occasion à saisir. Prudent dans ses relations et soucieux de me protéger, il lui confia une lettre toujours adressée à l'entreprise de mon père. Les services postaux dans notre pays fonctionnaient dans des conditions plutôt acceptables. Sa missive, distribuée par la poste de Vichy, mit bien plus longtemps pour être réceptionnée à l'adresse de l'entreprise familiale. Le dimanche qui suivit, mon père me la remit discrètement, et ce, avec un sourire non dissimulé.

J'ai pris la lettre sans la lire immédiatement. Sentant monter en moi une bouffée d'émotion qui m'aurait empêchée de contenir mes larmes en public, j'ai donc attendu mon retour à la Bastide. Je me suis assise sur le fauteuil en osier devant la fenêtre, la pensée en éveil. Je l'ai lue, relue, je m'en suis nourrie. Bien souvent, quand je trouvais le temps trop long, elle constituait… mon baume au cœur.

Cette missive la voici, dit-elle, en sortant de son porte-document le précieux objet plié en quatre. Les caractères à moitié effacés de ce fragile feuillet laissent deviner une écriture fine et rapide. Elle respire très profondément et lit un extrait d'une voix tremblante ces deux phrases.

Alexandrie, 15 février 1944

… L'Égypte est un immense pays administré par l'Empire britannique. Les affaires y sont un peu difficiles. Les paysans gardent des semences d'une année sur l'autre. Ils sont heureusement accueillants. Ils seront d'accord pour commercer avec la France quand la paix sera revenue.

Bien à vous. Je ne DEMAnde qu'à vouS être uTile. 7.

Elle lève la tête, les yeux embués de larmes, prend la main de sa jeune amie comme pour quémander des excuses et la conserve pendant quelques instants. Tu vois ce courrier ainsi formulé m'indiquait qu'ils étaient bien en route vers leur objectif et cela consolidait ma confiance. »

La pendule du salon marque dix-sept heures quinze et le bruit significatif de l'arrivée d'un message sur le smartphone de Charlotte leur fait tourner la tête dans sa direction. Maéva répondait positivement aux différentes sollicitations. Une brise d'optimisme flotte dans ce lieu. Elles décident de mettre un terme à l'entretien et de se revoir le lendemain. Camille a redressé les épaules, les bonnes nouvelles en provenance de l'hôpital et la lecture de cette lettre lui ont donné un coup de jeune. « Fais une bise à ton monde !

— Je n'y manquerai pas, répondit la jeune étudiante en sciences. À demain. »

Avant de retourner vers la Bastide, elle reçoit un appel de David. Il s'inquiétait de son silence… La jeune fille le rassure, tout va bien et elle pense à lui. *Mais dans quoi je me suis embarquée ?* réalise-t-elle soudainement.

À la Bastide, Marianne s'active en cuisine. Elle a invité leurs amis. Le dîner est l'occasion pour les nouveaux arrivants de mieux comprendre l'histoire de ce milieu bourgeois pendant la Seconde Guerre mondiale. Charlotte ne s'étend pas sur sa relation avec Camille. Elle sent cependant que plusieurs zones d'ombre demeurent sans réponse, concernant la période troublée de la guerre. À l'évidence, elle est un personnage à part. Son veuvage précoce, le sauvetage de ce jeune homme juif et leur histoire d'amour en plein conflit mondial lui procuraient une dimension singulière. Le sujet principal de discussion est, bien entendu, l'amélioration de l'état de santé de Maéva.

Philippe, qui partage tout avec sa sœur, lui annonce que sa Belle recommence à s'alimenter et à se tenir assise. Pendant sa visite, elle lui a offert un sourire et une larme qu'il s'est empressé d'essuyer avant de déposer un baiser sur ses lèvres. Au cours de la soirée, et toujours dans le cadre des échanges avec sa confidente, il s'interroge en *live* sur le futur, immédiat et à moyen terme, de son avenir. « Je suis amoureux de cette *vénusté*. Victime d'un accident, elle est momentanément hors course. Mais de quoi demain va-t-il être fait, quand je reprendrai mes cours et elle, ses études et son job de manager à l'Auberge ?

Cette question multidimensionnelle demeure sans réponse. Charlotte ferme les yeux comme pour visionner le futur puis évoque une piste de réflexion possible.

— Pour le moment et jusqu'à sa complète guérison, veille sur elle et sur votre amour, puis le temps venu, parlez-vous ! »

Ils tombent dans les bras l'un de l'autre en même temps que François les informe que le café est servi.

Tous les amis de l'infortunée ont compris les bouleversements non négligeables dans sa vie. Ils disent adieu au prochain week-end sous la tente et élaborent entre eux un planning d'aide et de présence autour d'elle jusqu'à son retour.

11
Port-Saïd, El-Arich

Charlotte est heureuse ce mercredi après-midi et cela s'entend par l'habitude qu'elle a développée de chantonner, elle est en route vers son rendez-vous. L'état de santé de Maéva s'est amélioré, elle a répondu brièvement à Philippe. Celui-ci sourit et accueille d'un regard entendu l'interne du service venu faire une visite de courtoisie. *Quand tu feras l'internat*, ajoute ce dernier, *attends-toi à dormir peu et la chambre réservée à l'interne de garde est souvent spartiate.*

Camille, plus en forme que jamais, avenante, attend la jeune scientifique, prête à poursuivre le récit de sa vie. Elle l'accueille avec un compliment à la faire rougir. « Dis donc, tu es de plus en plus jolie ! Tu me parleras de David, hein ?

— Merci, euh... oui bien sûr.

Sans satisfaire de suite la curiosité sur son actualité, elle prépare son matériel d'enregistrement.

— Ah oui ! Je me rappelle bien ce que Dan me racontait concernant son passage en Égypte. Ça y est, tu es prête ?

Après une halte de plus d'une semaine à Alexandrie, les deux aventuriers abandonnèrent leur véhicule de fortune pour se diriger vers Port-Saïd. C'est à bord d'un camion militaire anglais qu'ils vont parcourir les deux cent soixante-six kilomètres qui séparent les deux sites. Ils découvrent alors une ville portuaire du nord-est de l'Égypte, au débouché du canal de Suez dans la mer Méditerranée. La question à résoudre était d'importance, elle suscita un grand moment d'échanges et de réflexions. Finalement, ils décidèrent de monter jusqu'à El-Arich, à cent cinquante kilomètres par la route, pour prendre un bateau de pêcheur. Ils pourraient ainsi atteindre les ports d'Ashdod ou d'Ashkelon, portes d'entrée en Terre promise, sans éveiller l'attention des troupes britanniques, gardiennes des lieux. Bons stratèges, en chaque lieu, ils se faisaient un devoir de collecter le maximum d'informations géopolitiques. C'était indispensable à la réussite de leur projet. Ils souhaitaient également gagner quelques subsides, fruits d'un échange de menus services auprès des populations locales. Ainsi à Alexandrie, Port-Saïd et El-Arich, ils avaient pris contact avec les autorités britanniques dont dépendaient la sécurité et la politique du moment. Très souvent, leurs prestations de service avaient été acceptées : un coup de main en termes de santé, de l'aide à la scolarité pour les populations locales ou de formation à la connaissance de la physique des explosifs pour les recrues, et cela en échange du vivre et du couvert.

Dan parlait peu de son compagnon de voyage. Ce médecin avait, par la folie des hommes, perdu l'amour de sa jeunesse et sa fillette, lors d'une rafle. Il ne savait rien du sort qui leur avait été réservé. Mêmes interrogations pour tous les membres de sa famille ou des amis de la synagogue de Cracovie du temps de son enfance. Dans l'ignorance de leur destination, on parlait de camps de travail. D'autres les qualifiaient plutôt de camps de concentration, certains osaient même le terme de camps d'extermination car, fait-on travailler des enfants, voire des bébés, ou des vieillards ? L'évocation de leur sort le faisait entrer dans une colère sourde… une douleur qu'il maîtrisait non sans difficulté. Sioniste convaincu, par éducation reçue de son père, il s'était engagé pour cette cause. Il donnait ainsi un nouveau sens à sa vie après avoir échappé au camp de la mort… Dans la solitude de son sommeil, il se revoyait poussé dans une voiture démarrant en trombe alors que les accès de son quartier étaient bouclés par les soldats de la Wehrmacht. C'est dans ces conditions qu'il avait effectué sa dernière visite. Dan à ses côtés priait en yiddish. Johan rendait souvent hommage à tous ces résistants qui, au péril de leur vie, le cachèrent pendant des jours et des jours, lui permettant de passer les frontières à la barbe de ceux qui avaient projeté d'effacer son nom et celui de ses coreligionnaires de la surface de la Terre. Dan était comme son jeune frère, il représentait l'avenir de ce futur État qu'ils appelaient tous deux de leurs vœux. Ainsi ce médecin, compte tenu de son engagement, rendu possible et renforcé par plusieurs rencontres, détenait de précieuses informations qui leur permettraient d'atteindre leur but, à savoir, d'être utiles au sauvetage des Juifs menacés et faciliter leur émancipation. Bien sûr, ils n'ignoraient pas leurs divergences mais, face à l'adversité, ils faisaient front. De leurs longues discussions jaillissaient des solutions inédites et novatrices.

Nous étions à l'aube de grands bouleversements. Les femmes de prisonniers recevaient de façon épisodique des nouvelles diverses de leur époux ou compagnon en captivité. Mon père et ma sœur, en contact journalier avec les services administratifs de la Wehrmacht, observaient la fébrilité de certains officiers. »

Charlotte l'interrompt soudainement.

« Et vous, aviez-vous un rôle dans les réseaux de résistance ?

Camille prend le temps de répondre.

— Oui, bien que modeste, je l'avoue. Je dénombrais chaque jour les convois qui passaient par notre village et je déposais l'information dans le cahier d'un écolier sous la forme d'un exercice de calcul destiné à tous les élèves. Un père, rapatrié sanitaire en 1941, assurait la liaison avec un groupe de résistants.

— Et vous avez éprouvé de la peur ?

— Oui, j'avais peur. Peur de perdre l'homme que j'aimais. Peur d'être un jour arrêtée par la milice alliée de la Gestapo. Peur de peut-être trahir sous la torture.

Visiblement, elle ne veut pas s'étendre sur son implication. L'ancienne institutrice avait préféré se rendre utile auprès des femmes de prisonniers, leur facilitant la vie au travers de son activité d'écrivaine publique. Elle poursuit son récit, sans attendre la répartie de sa jeune auditrice.

Dans les rues du village, la considération des habitants avait changé à mon égard, me semblait-il. À la sortie de l'école, les mamans s'attardaient, malgré les patrouilles des miliciens et des soldats allemands. Nous avions cependant toujours autant de mal à nous nourrir correctement. Les rutabagas, les topinambours… on en avait assez. La Résistance progressait dans sa manière de harceler les compagnies de soldats et de s'attaquer aux moyens de transport de matériels de guerre.

Le 1er juin 1944 vers dix-neuf heures, je reçus la visite de mon père, toujours vêtu de sa veste noire. Le soleil de juin n'était pas étranger à ce sentiment d'espoir qui survivait au fond de moi. Il entra, se retourna avant de refermer le portail pour s'assurer que nul ne l'avait suivi. Sans rien dire, il m'embrassa avec affection. Je ressentis, à ce moment-là, comme un pincement, l'ombre furtive d'un mauvais sentiment, mais il fut bien vite chassé. Avec un sourire, inhabituel de sa part depuis bien longtemps, il m'annonça que la Résistance pourrait recevoir des armes parachutées près de l'Allier pour intensifier le combat. Tout en déposant sur la table de la cuisine une préparation culinaire, œuvre de ma mère, il partagea avec moi les nouvelles. J'appris ainsi que l'activité de mon frère prospérait malgré le conflit armé et les tracasseries journalières, mais cela restait flou dans mon esprit. À vrai dire, depuis l'arrestation et la déportation de son ami Ruben, de sa femme Sara et de leur fillette, le visage de Guillaume reflétait un stress permanent. Malgré la bonne santé de son entreprise, il paraissait déprimé et sans projet personnel sur le plan affectif. Mon père quitta la Bastide vers vingt heures trente, me souhaitant une bonne nuit et me rappelant, par principe, les règles de prudence utiles à ma sécurité. J'essayai ensuite de capter les actualités au travers du poste de radio qui trônait dans la salle à manger. Après plusieurs tentatives et un brouillage de fond permanent, je perçus des messages sans signification pour moi, adressés à d'autres Français.

Cinq jours plus tard, le 6 juin 1944, le débarquement, tant espéré par les uns et redouté par les troupes occupantes, avait lieu sur les plages de Normandie. Cette opération militaire marqua un véritable tournant dans la guerre. La nouvelle se propagea rapidement. Des milliers de soldats alliés, appuyés par des navires et des avions de chasse, attaquèrent les défenses allemandes. La Wehrmacht offrit des poches de résistance pour ralentir l'avancée des assaillants alliés. Le premier jour, les plages de Normandie furent jonchées de cadavres. Cette situation nous obligeait à redoubler de prudence. Cependant, une page se tournait. Sur mon chemin vers l'école, le visage des passants au courant des événements était plus lumineux. Ce jour-là, avec mes collègues nous avons laissé les enfants jouer plus longtemps dans la cour de récréation. À la fin de la matinée, un convoi de troupes allemandes comprenant des camions bourrés de soldats et des engins blindés traversa le village à faible allure en direction de Vichy.

J'étais confiante, j'aurais bientôt des nouvelles de mon amour. »

Revivre cet événement colore d'été le visage de Camille. Charlotte s'en fait l'observation et, d'un signe de la tête, lui enjoint de poursuivre.

« Le 10 juillet 1944 vers vingt heures, mon père me rendit à nouveau visite. Comme d'habitude, il s'assura que nul ne l'observait à distance. Après avoir déposé un baiser sur mon front, sans mot dire, il me tendit une enveloppe bardée de cachets divers et variés. Puis détournant le visage, il s'assit sur la terrasse. Cette enveloppe exhalait les parfums des pays qu'elle avait traversés avant d'atteindre mon village. Il attendait, lui aussi, des nouvelles de ce fugitif. Tolérant son existence, il partageait cependant avec lui une folle envie de réussir. Je sortis avec fébrilité la lettre et, comme d'habitude, la progression de la lecture me submergeait d'émotions, mon visage s'inondait de larmes.

El-Arich, 03 juin 1944

Madame,

Le monde des affaires est bien difficile.

...

Me voilà à la porte d'un rêve dont j'attends la réalisation depuis longtemps. Dans quelques jours, je serai dans ce pays promis. Mon bonheur cependant ne sera pas complet puisque tu ne seras pas auprès de moi. Alors, malgré l'adversité, je ferai sans tarder la route à l'envers pour venir te chercher, t'aimer et t'emmener construire une nouvelle vie. Chaque jour, je m'attache à admirer ton visage caché dans ce petit médaillon.

Le soleil se lèvera bientôt
Le ciel dans sa majesté
Nous offrira cette eau
Qui peut désaltérer
Habillé de lumière
Ton sourire en beauté
Fera mon univers
Le reste de mes années

Bien à vous Je ne DEMAnde qu'à vouS être uTile. 8.

Je résumai rapidement à mon père le contenu de ce courrier, il ne fit pas de commentaire et son visage demeura impassible. Le ton de la lettre avait changé, le représentant avait mixé une formulation s'apparentant à un rapport de visites avec une déclaration d'amour. Je souris en l'imaginant écrire. J'avais envie de lui répondre mais aucune adresse ne figurait sur l'enveloppe, celle-ci portait un cachet de Port Saïd et de l'Autorité britannique. Ce billet, le débarquement des Alliés et leur avance dans le pays constituaient indéniablement une nouvelle étape. J'imaginais alors un futur plein de promesses de bonheur et de réussite.

Le lendemain, je pris le temps d'échanger avec des femmes de prisonniers venues chercher, comme moi, leurs tickets de rationnement. Une fois protégée par les murs d'enceinte, je montai dans ma chambre et je me mis à essayer une série de vêtements plus colorés, jetant négligemment sur le fauteuil mes habits de veuve, j'attendais son retour avec impatience. »

Dix-sept heures sonnent à l'horloge posée sur la cheminée du salon. La jeune étudiante a une foule de questions à poser mais, de par son comportement non verbal, la narratrice lui signifie sa fatigue. Charlotte détourne alors son attention en lui demandant de partager les curiosités du patrimoine du village, elle apprécie en particulier l'originalité des tableaux accrochés sur les murs de l'église. Elles prennent chaleureusement congé vers dix-sept heures trente.

La jeune fille s'arrête au café du village pour saluer ses amis rencontrés par l'intermédiaire de Maéva. La joyeuse bande entame une discussion animée dans le bistrot tout en sirotant jus de fruits et Coca-cola sans sucre. La jeune scientifique qui sort d'une histoire vécue pendant la Seconde Guerre mondiale peut comparer les besoins des jeunes du vingt et unième siècle à ceux exprimés par la jeunesse des années noires. Un SMS de David l'interrompt dans sa discussion, il souhaite entendre sa voix ou lire sa prose. Avec une pointe d'humour et un selfie au milieu de ses amis, elle le rassure : elle pense bien à lui ! En retour, elle reçoit une jolie photo de New York l'invitant à le rejoindre. Le temps poursuit sa route vers l'heure du dîner, elle prend congé et rejoint la Bastide. Elles sont entre filles, son père, revenant de Paris, arrivera fort tard en gare de Vichy où Philippe ira le cueillir après sa visite au CHU. La Parisienne est de nature à analyser les moindres recoins de sa vie. Elle ressent bien plus que de l'amitié pour David. Au-delà d'une idylle passagère, ses appels ou SMS la projettent dans une autre dimension et cela l'amuse beaucoup ! Marianne lui annonce qu'elle a encore perdu face à la machine et, pour se consoler, a rendu visite à sa nouvelle amie, la gestionnaire de la médiathèque, pour boire un café, puis elle a fait ses courses.

Jeudi après-midi

Charlotte le sait bien, l'activité et le travail ont pour fonction de structurer le temps et donner du sens à l'existence. Sans vouloir brusquer Camille, sa soif de connaître sa vie passée l'entraîne à solliciter la mémoire de l'ex-propriétaire de la Bastide. Vêtue d'une robe pastel, cette dernière l'accueille avec son sourire habituel. Elle lui fait part du message de Philippe qu'elle vient de recevoir, la sortie du CHU est envisagée dans les prochaines heures. Charlotte sourit puis l'invite à reprendre son récit. L'évocation de ses souvenirs, de son amour pour un homme qu'elle a sauvé de la déportation, d'une mort probable, lui procure un immense bonheur, sans négliger la source d'encouragement pour le temps présent. Elle respire profondément et donne le top de départ pour ouvrir l'application *enregistrement* du smartphone.

« Au fur et à mesure que les soldats alliés avançaient, un vent de révolte se levait dans le pays. Les réseaux de résistants multipliaient les actions de harcèlement vis-à-vis de l'occupant avec pour conséquences inévitables des représailles, des arrestations et exécutions de nombreux civils innocents. Chaque foyer équipé d'un poste de radio cherchait en tâtonnant la fréquence permettant d'obtenir des informations sur la libération du pays. Deux mois après la réception de la lettre postée de Port-Saïd, notre région accueillait ses libérateurs. Vichy venait d'être libérée et, malgré des règlements de comptes inutiles, chacun essayait de renaître. En septembre 1944, mon père, accompagné de son fidèle collaborateur Jean, se présenta à la porte de l'école, à l'heure de la sortie. Visage détendu, il me donna une enveloppe bien plus lourde que celles habituellement reçues. Elle avait pour origine Jaffa, toujours estampillée du sceau de l'Empire britannique.

Camille sort alors des documents. Elle inspire profondément et commence la lecture. D'abord à voix basse, au fur et à mesure qu'elle avance, une émotion perceptible vient perturber son débit. Le ton et le contenu de ces feuillets diffèrent des précédents, comme un message pour une femme amoureuse.

Ashkelon, 25 juillet 1944
Mon Amour, Ahouvi (Mon Amour en hébreu)

Nous voici, enfin, dans le pays dont mon grand-père me contait l'histoire quand nous nous rendions à la synagogue, j'étais encore enfant à Varsovie.

À El-Arich, ville portuaire d'Égypte, nous avons cherché pendant plusieurs jours le moyen de quitter cette contrée pour arriver dans le pays de nos rêves. Nos relations avec l'Autorité britannique étaient bonnes mais nous évitions d'évoquer notre projet, nous rendant toujours utiles et récoltant surtout de l'information et des moyens financiers. Un soir, dans un bar fréquenté par des officiers anglais, nous apprîmes que le débarquement des Alliés en Normandie avait déjà eu lieu et que les armées alliées avançaient vers l'intérieur du pays. Cette nouvelle m'a réjoui et me laissait entrevoir des jours meilleurs avec toi pour horizon.

Les besoins en médecins toujours pressants dans toute ville de garnison, Johan se présenta un matin à l'hôpital militaire. Il fut mis en contact avec un médecin-chef, celui-ci venait du Pays de Galles. Il lui fut confié de contrôler l'évolution des soldats blessés venant de différents fronts sous contrôle britannique. Les frontières étaient bien surveillées et les contrôles des routes fréquents. Il nous serait difficile de trouver un camion acceptant de prendre des passagers clandestins allant dans la direction de Jaffa, ceux-ci étant soumis aux restrictions du Livre Blanc.

Un matin, alors que de mon côté j'apportais des éléments théoriques quant à l'utilisation des explosifs à l'officier instructeur ainsi qu'aux artificiers présents, un marin de la Couronne expliqua à Johan, au cours de sa visite, comment atteindre Ashkelon par la mer avec l'aide des pêcheurs locaux. Ces derniers n'hésitaient pas en effet à s'approcher des côtes pour débarquer leur pêche et la vendre au plus offrant. Sans manifester d'intérêt visible, Johan mémorisa l'information. Personne ne devait connaître notre projet. Les Anglais n'étaient pas les plus grands supporters du projet d'indépendance. À l'occasion d'un changement d'officier sanitaire, nous décidâmes de nous mettre en chasse d'un patron pêcheur qui prendrait le risque de nous accueillir dans son bateau pour nous débarquer près d'Ashkelon. Nous étions devenus experts en négociation d'une certaine manière. Venant d'Europe, il nous avait fallu apprendre à dire les choses sans vraiment les dire, sans nous mettre en danger, à prendre un certain ascendant sur nos interlocuteurs pour qu'ils nous mènent à bon port. Pour deux dizaines de livres sterling, le propriétaire d'un esquif de pêche y consentit. Je dus cependant jeter un œil de spécialiste au moteur du bateau et Johan soulagea un membre d'équipage souffrant d'un poignet douloureux par une attelle de fortune. À sa question : Êtes-vous des Juifs ? Johan répondit : je suis médecin, et voici un physicien, et nous ajoutâmes presque en chœur une question concernant son travail et la fraîcheur de son poisson ! L'argent en poche, le patron pêcheur n'insista pas et nous serions convoyés deux jours plus tard afin d'éviter les soupçons d'un départ précipité.

Le jour fixé, nous quittâmes El-Arich dès le coucher du soleil. Le moteur un peu poussif nous mena vers le large à environ deux milles marins des côtes puis le mécanicien mit le cap vers le nord à vitesse réduite. Nous observions au travers de jumelles d'un autre âge la côte qui se détachait sous le clair de lune ainsi que les points lumineux des fortins tenus par les soldats anglais. Tout en essayant de nous rendre utiles, nous restions silencieux. Après la prière traditionnelle, l'équipage entama son travail, lançant des filets et les remontant de façon épisodique puis exprimant de façon bruyante leur satisfaction. Le maître à bord nous invita à nous allonger dans ce qui lui servait de coin intime. Vraiment à l'étroit, nous nous installâmes l'un contre l'autre. Je fermais les yeux pour te rejoindre par la pensée. Une foule de questions envahissait alors mon esprit. Reçois-tu mon courrier ? M'aimes-tu encore ? Que deviens-tu au milieu de ce conflit ? Johan n'ayant plus de famille, sa rage vis-à-vis des Allemands est canalisée vers la reconstruction de la patrie de nos ancêtres.

Nous fûmes réveillés par la sirène d'une vedette anglaise nous intimant de nous arrêter pour contrôle. Seul Johan monta sur le pont à la rencontre de l'officier. Il expliqua dans un anglais parfait qu'il assurait, en tant que médecin, des visites de dépistage de maladies transmissibles parmi les populations locales. L'officier profita de sa présence, il le pria de monter à bord de la vedette pour examiner un soldat se plaignant de maux de ventre. Utilisant la valise de secours, il put confirmer que le patient était fiévreux, puis procédant à la palpation de son ventre, il conclut à la possibilité d'une appendicite recommandant son transport vers un centre de soin approprié. Après un rapide examen de l'embarcation et de ses marins, les soldats négligèrent la soute d'où s'échappait une forte odeur de poisson, ils quittèrent notre bateau pour retourner vers la côte déjà visible.

Au matin, nous atteignîmes le petit port d'Ashkelon.

Une foule bigarrée s'occupait à décharger les bateaux. Au large, un grand cargo battant pavillon britannique, protégé par un destroyer, attendait de pouvoir s'approcher. Des soldats en armes patrouillaient à la recherche d'immigrants clandestins. Après avoir aidé les marins à décharger le fruit de leur travail nocturne, nous quittâmes le port passant devant une patrouille en regardant droit devant nous pour atteindre le haut de la ville dont la population ne nous était d'aucun secours. Tout en marchant, nous nous félicitions d'avoir atteint la première étape de notre périple !

Je t'aime et avance avec confiance vers ce demain que je veux construire.

Bien à vous. Je ne DEMAnde qu'à vouS être uTile. 9. »

Camille vit intensément son récit. Elle s'arrête pour déguster avec avidité le verre de jus d'orange placé sur la table du salon. Charlotte est admirative de l'octogénaire, d'une sincérité rarement rencontrée auparavant. Les mains de Camille tremblent légèrement, l'observatrice s'associe à son émotion. « Vous avez dû lire, et relire, ce premier vrai courrier d'un amoureux qui ne vous oublie pas, heureux d'avoir atteint son objectif ? Qu'avez-vous pensé à ce moment-là ?

— Tu devines, ma belle, un sentiment de bonheur et de paix m'a submergée !

L'homme que j'aimais commençait à vivre son destin. Le savoir en vie et de mon côté participer à la libération de la France me donnaient un fameux courage et une perspective vivifiée. J'étais convaincue qu'il reviendrait ! Quand exactement ? Nul ne savait. Je me suis souvenue du sermon du prêtre, au cours d'un office au plus profond de l'hiver. La neige avait envahi notre village et seule, sans personne pour me consoler, j'avais froid dans cette grande bâtisse. Ce vieil homme d'église nous avait encouragés dans notre foi, en insistant pour regarder plus avant, par-delà les nuages noirs de la situation de guerre. Dans l'église, j'avais alors saisi la main d'une jeune femme, son mari était prisonnier en Silésie, celle-ci avait fait de même avec sa voisine jusqu'à ce que nous formions une grande chaîne d'espoir. »

La pendule du salon marque dix-sept heures. D'un commun accord, elles mettent fin à leur entretien. « Rendez-vous demain ?

— Peut-être… Je t'appellerai car je dois recevoir la visite de Monique et faire quelques emplettes avec elle. Tu sais, les *vieux* dépensent souvent pour ceux qu'ils aiment. »

Sur le chemin de retour, la future physicienne s'octroie un instant de délire avec deux copines du village dont le passe-temps est l'art de l'improvisation, elles le pratiquent avec beaucoup de talent au sein du club de théâtre. Bien évidemment, fou rire au rendez-vous. Après deux heures de plaisir et de joute oratoire, elles se séparent en dégustant un jus de goyave. Elle atteint la Bastide au moment où son frère, sortant de la voiture familiale, s'apprête à ouvrir le garage. Il revient de l'hôpital avec de bonnes nouvelles, feu vert pour quitter le CHU le lendemain.

Alors que le dîner touche à sa fin, Yves et Monique, invités-surprises de Marianne, arrivent pour partager café et douceurs. Ils établissent un embryon de stratégie pour organiser le retour de Maéva parmi les siens. Jouissant de son autonomie, celle-ci a juste besoin de recouvrer tonus et santé avant d'envisager son retour à l'activité. Elle utilisera ce temps de repos pour élaborer son traumatisme. Ses parents peuvent compter sur Philippe. Ils iront donc ensemble la chercher le lendemain après-midi.

12
Un chemin d'espoir

Nuit agitée pour le futur toubib. Ne trouvant pas le sommeil vers une heure du matin, il jette idées et résolutions sur son bloc en mettant la radio en fond sonore comme d'habitude. Après ce temps d'arrêt, de souffrances et d'interrogations, le retour de Maéva parmi les siens constitue bien sûr une bonne nouvelle. Du fait de sa proximité amoureuse, il sera la personne-ressource majeure pour gérer ce temps de rétablissement. Il se désire médecin, ou tout au moins y aspire-t-il fermement, mais ses connaissances en psychologie ou en victimologie sont embryonnaires. L'amour sera donc son arme favorite pour faire face à la situation.

Vers dix heures quinze, appel de Camille, rendez-vous repoussé. Je te rappelle dès que possible, ajoute-t-elle, je t'embrasse, à bientôt. L'apprentie journaliste accompagne donc son frère au CHU de Vichy. Vêtue d'un joli pantalon rose clair et d'un maillot blanc orné d'un célèbre crocodile, Maéva les attend dans sa chambre. Elle s'est appliquée à poser un voile de maquillage pour masquer ses cernes. À l'arrivée des visiteurs, son visage s'éclaire et elle se lève lentement pour tomber dans les bras de son amoureux, ils s'embrassent longuement oubliant les autres. Elle s'approche de ses parents sans pouvoir prononcer un seul mot. Puis c'est au tour de Charlotte de sécher les larmes de sa copine et lui chuchoter sa joie de la ramener chez elle. C'est ressenti comme l'aube d'un nouveau départ. Trop faible pour partager sa joie, son être s'accroche à la petite musique qui lui enjoint de vivre. Avant de sortir, ils passent devant le bureau du chef de service. Il adresse à chacun un mot d'encouragement et s'approchant de Philippe il lui glisse : « Tout va bien ! Elle est sur la bonne voie. À vous, Cher Confrère, de gérer les moments difficiles qu'elle pourrait traverser. » Ordonnances et compte rendu d'IRM en poche, le clan quitte l'hôpital. S'appuyant sur son chéri, elle parcourt lentement la vingtaine de mètres qui les séparent du parking. Le temps est au beau, seuls des oiseaux sillonnent le ciel d'azur. Un sourire de bonheur illumine par intermittence le visage de la jeune femme.

Le retour prend un peu de temps. Philippe a proposé un détour par le centre-ville de Vichy, histoire de se reconnecter à la légèreté en passant devant les boutiques de vêtements. Ils arrivent enfin au domicile de Monique et d'Yves. Pendant que Philippe gare la longue limousine, ils aident leur fille à gravir les marches et à s'installer dans un fauteuil du salon. Philippe et sa sœur les rejoignent plus tard. Elle réclame la main de Philippe qui la lui offre en même temps qu'il déchiffre l'ordonnance. Ah ! Ces médecins, ils ne peuvent pas écrire correctement ! déclare-t-il en souriant. Venant de sa part, la remarque déclenche un léger fou rire dans l'assistance.

Un retour d'accident, c'est comme une nouvelle aventure qui prend place, affirme avec émotion Yves tandis que Monique invite ses visiteurs à goûter le *meilleur* cake de la région. Maéva s'assoupit. Vers dix-huit heures, elle manifeste le désir de faire quelques pas, Philippe l'entraîne vers la terrasse, la chaleur de la journée a baissé d'un ton. Au *Merci* glissé à l'oreille, il répond par un sourire accompagné d'un baiser dans le cou. Le dîner consommé, suivi d'une effusion de tendresse, de mille baisers et secrets partagés, elle se retire dans sa chambre accompagnée par Charlotte. Une complicité sans faille entre les deux jeunes femmes s'est développée en peu de temps. La manière avec laquelle elles s'entretiennent de leurs projets respectifs est un gage de réussite.

Philippe a préparé un programme tonique avec l'aide d'Alain. Le kiné vient chaque jour lui prodiguer des soins et lui apprendre à gérer son stress. Cependant, les progrès sont lents. La convalescente vit dans un état de qui-vive quasi permanent. Des moments de stress post-traumatique surgissent la nuit, quand l'image du camion se déportant brusquement sur elle fait irruption dans son sommeil. Réveillée en sursaut, elle crie et pleure pendant de longues minutes, hébétée. Parfois, des pensées et d'autres images négatives émergent de façon inopportune et gâchent ses journées. Cette activité psychique génère fatigue et perte de confiance en soi. Appelé par Monique, Philippe accourt pour la secourir, lui parler, la rassurer. Ces épisodes dramatiques et inquiétants deviennent récurrents chaque fois que quelqu'un fait référence à l'accident pour lui dire que *ça va bien vite passer…* Les anxiolytiques et antidépresseurs prescrits devraient lui permettre de faire face. Cependant, devant ce phénomène handicapant, Philippe se charge de trouver des thérapies sans effets secondaires. Le père de David, avec qui il est en contact, lui adresse les coordonnées d'un professeur de Psychologie dont les travaux portent sur *le blocage de la reconsolidation* du souvenir traumatique. Maéva peut alors intégrer un groupe de patients et l'amélioration de son état est rapidement constatée. Les nuits deviennent moins agitées, ses passages empreints de mélancolie s'espacent et ses relations avec Philippe retrouvent le chemin de la sérénité amoureuse.

Une visite marque un tournant sur la route de sa convalescence. Le propriétaire de l'auberge lui rend visite et aborde les perspectives de son retour à l'emploi. Il a besoin d'elle. Il fera son possible pour lui aménager un poste à mi-temps et des plages de repos. Un après-midi, lors d'une promenade dans la campagne près de l'Allier, elle prend conscience de sa forme. « Mon amour, je voudrais reprendre mon travail. J'ai besoin de retrouver mes équipes, mes clients et ceux que j'aime.

Ils prennent place sur le banc, où quelque temps auparavant, ils avaient observé les étoiles. Philippe l'enlace en ajoutant :

— Si tu te sens prête, alors fais un test de quinze jours à mi-temps, je viendrai te chercher le soir. C'est bon signe, cela prouve que tu es sur la voie de la guérison. »

Sans attendre sa réponse, il l'embrasse langoureusement avant de partager un fou rire bienfaiteur et une énorme glace au chocolat au kiosque sur les berges de l'Allier. Les jours suivants, Alain accélère le programme de remise en forme. Les crises d'angoisse s'estompent. Sylvie et Charlotte organisent de leur côté plusieurs sorties entre filles pour faire les magasins, déguster des glaces aux multiples parfums et revenir les bras chargés de vêtements. Maéva, confiante et plus forte, n'entrevoit la vie qu'avec Philippe. Leurs conversations ont pour principal objet leur futur. Prudente, elle observe son chevalier servant, l'épreuve qu'elle traverse semble le faire mûrir. Lui, de son côté, essaye de bien dissocier son comportement en tant qu'amoureux de celui de thérapeute. L'énergie qu'il déploie pour la réussite de son retour à une vie active démontre que, désormais, il lui faudra organiser la poursuite de ses études au plus près de ce village.

Au cours du dîner familial, la conversation du soir se concentre sur la possibilité de changer de CHU. François détaille la longue liste des démarches qu'il faudra accomplir avant d'obtenir l'autorisation de passer d'une université à une autre. « Compte tenu de tes bons résultats, cela ne devrait pas poser de problèmes. Bien que ce soient les vacances, tu contacteras le Président de ton université et les correspondants des deux CHU afin de pouvoir reprendre les cours à la faculté de médecine de Vichy. Avec un studio en ville et les temps libres à la Bastide, tu seras ainsi près de Maéva.

— Attends les réponses de l'administration avant d'annoncer ta décision à ta chérie.

— Que ferais-je sans toi ? réagit-il en même temps qu'il affiche un sourire complice.

— Tu recevras une facture prochainement ! renchérit sa conseillère.

— Peut-être, faudrait-il officialiser votre relation ? interroge Marianne. Nous devons nous adapter à cette famille d'éducation catholique traditionnelle du centre de la France. J'essayerai de m'informer sur les us et coutumes via mon amie de la médiathèque.

— Et réfléchir sur la spécialité dans laquelle tu voudras exercer », souligne son père.

Cette discussion est interrompue par deux entrées quasi simultanées sur les portables des jeunes gens. Un appel assez bref est destiné à Charlotte, Camille l'informe qu'elle est à nouveau disponible. De son côté, Philippe reconnaît le numéro de Maéva, il quitte la table pour s'isoler sur la terrasse alors que le soleil commence son voyage vers l'ouest. J'avais besoin de t'entendre, dit une voix câline et joueuse. « Me voici, me voilà ! Mon Amour souhaite-t-elle une montagne de glace au chocolat ? ». Cette réponse fait rire son interlocutrice. « Pas de glace, enfin, pas maintenant. Sylvie et Alain nous proposent de déjeuner ensemble samedi. Je me sens en forme et je crois que cela leur ferait plaisir. » « Et nous goûterons une nouvelle formule au cacao ! » Sa gaieté lui apportait un vrai soulagement. Jusqu'ici, elle subissait les événements, mais là, elle donne son avis et fait savoir ce qui lui ferait plaisir montrant ainsi sa résilience. Philippe entrevoit enfin l'existence avec plus de sérénité. Dans la continuité de son appel, elle lui propose de passer prendre le café sur la terrasse. Les derniers mots secrets partagés, il saute sur le scooter de son père pour rejoindre la Belle et se noyer dans ses yeux.

Décidément, les vacances dans leur nouvelle demeure offrent autre chose qu'un long fleuve de repos au soleil de l'Auvergne. Le fils a rencontré son bel amour avec lequel il met en pratique ses cours de médecine. La fille s'exerce au journalisme par la rencontre d'une exceptionnelle octogénaire. Chaque jour, relisant ses notes, elle s'émerveille devant le destin réservé à ce fugitif juif fuyant la mort. Son arrivée à la Bastide, son sauvetage par une jeune veuve, leur passion amoureuse imprévisible, puis cet exode vers le Sud de la France, la traversée de l'Afrique du Nord et enfin son entrée en Terre promise.

François, quant à lui, découvre une région chargée d'histoire. La nouvelle habitation destinée à la retraite lui offre un havre de paix propice à la réflexion, surtout à celle concernant *Le droit de la défense*, sujet sur lequel il doit rendre un avis collégial à l'attention de la nouvelle Garde des Sceaux. À l'allure où vont les événements, dont l'union probable de Philippe et Maéva, il imagine une retraite sportive. Philosophe de *Café du Commerce*, il avait fait part de ses craintes à Marianne. Cette dernière, plus pragmatique, les avait balayées d'un revers d'argumentations. Il souhaite également continuer à voyager. La documentaliste en vacances, elle aussi, a pris ses marques dans leur *gentilhommière* cachée à l'abri d'arbres centenaires. Avec le temps, ils pourront investir dans une piscine. Côté vie sociale, sa rencontre avec la responsable de la médiathèque du village lui promet des échanges pleins de surprises étant donné qu'elles sont deux redoutables compétitrices de Scrabble. La région leur propose de pratiquer le cyclotourisme en toute sécurité ou la marche dynamique dans le Livradois-Forez, l'un des plus grands parcs naturels régionaux de France. Et par les périodes de forte chaleur, les nombreuses bases nautiques proposent des endroits bien aménagés pour être près de l'eau. Ce village de province connaît un nouvel essor, proche du pôle universitaire de Vichy et également d'entreprises innovantes. Des familles avec enfants en bas âge ou de jeunes étudiants ont élu domicile dans ce lieu. Sur l'autre plateau de la balance, chacun peut regretter Paris et ses activités culturelles ou bien tous les amis proches dont il faudra s'éloigner un peu… La jeune Parisienne relativise cela pour plusieurs raisons : ce changement ne deviendra effectif que dans le temps. D'ici là, les moyens de communication auront accompli des progrès prodigieux. Et personne n'est obligé de suivre les choix de ses parents, s'est-elle entendue dire.

La nuit avançant, la Bastide retrouve son calme. Marianne, après un appel téléphonique avec une cousine proche, entame une partie face à son ordinateur. François opte pour la lecture de la Gazette du Palais qu'il a téléchargée. La grande baie vitrée ouverte en direction de l'ouest, éclairée par un simple rayon de lune, laisse entrer un filet d'air frais auquel il n'est pas insensible. À l'étage, dans sa chambre aux portes-fenêtres grandes ouvertes, Charlotte relit avec intérêt et un sourire malicieux au coin des lèvres le dernier SMS de David. *J'attends avec une certaine impatience de te revoir. J'ai très envie que tu me racontes cette belle histoire d'amour. Je pense à toi et t'embrasse depuis New York.* Moins démonstrative et toujours prudente avec ses sentiments, elle répond brièvement. *Je t'envoie de gros bisous du Centre de la France, je pense à toi, Love.*

La pendule dans le salon marque vingt-trois heures trente-cinq quand Philippe ouvre le portail et range le scooter dans le garage. Il pénètre dans le hall en retirant casque et blouson puis se dirige vers l'office pour déguster un verre de jus de fruits, enfin il rejoint le salon pour s'enquérir du score de sa mère face à la machine. « Tu gagnes ce soir ?

— Je ne rêve pas ! Au fait, Maéva va bien ?

— Oui ! Ce soir, elle a même préparé un excellent gâteau au chocolat et un super café. Je respire mieux… Je pense qu'elle peut envisager sa reprise à l'auberge, à temps partagé bien sûr. »

Rompant la conversation, il se précipite dans sa chambre pour le SMS habituel à la Jolie, *Bien arrivé, fais de beaux rêves. Je pense fort à nous. Bisous, à demain.* Il monte à l'étage pour partager avec sa sœur ses instants de bonheur. Elle est sa seule confidente et ses analyses de situations diverses constituent la base de ses plans d'action. Elle lui raconte à son tour le contenu du SMS de David. Il éclate d'un rire, qu'il souhaite discret, puis lui exprime sa joie en lui donnant un baiser sur le front et ajoute « Je t'aime, petite sœur ! »

Minuit cinquante, François referme sa tablette et s'étirant il indique à son épouse qu'il est temps de confier leur vie au maître du sommeil. Peu après, Charlotte éteint la lumière de sa lampe de chevet. L'étudiant relit le texto en retour, repose tous les objets connectés et le polycopié de son cours d'hématologie pour rejoindre l'objet de son amour par la pensée. Le calme prend le contrôle de la Bastide.

Le village s'est endormi, les rues désertes mènent au café sans vie sur la grande place. Maéva, tombée dans les bras de Morphée à défaut de ceux de Philippe, tient l'étole de soie, premier cadeau de son prétendant. Et demain sera un nouveau jour…

13
La terre promise, septembre 1944

Entrée triomphale du soleil dans les chambres de la Bastide et chacun gère au mieux son retour à l'activité. Marianne et son mari pédalent déjà le long des berges de l'Allier. Philippe a d'abord consulté ses messages. Sans information particulière concernant Maéva, il pratique un peu de sport avant de consommer un copieux breakfast. Charlotte a préféré débuter sa journée par une douche. Son frère lui propose une partie de tennis matinale puisqu'il verra sa dulcinée dans l'après-midi. « C'est tout bon pour moi, moi aussi je retrouve Camille après le déjeuner. Alors O.K. pour le sport. On prend le scooter pour y aller, nos casques sont rangés au garage. »

Ailleurs, dans son studio, la vieille dame, heureuse de retrouver sa petite étudiante, a hâte de partager une lettre de Dan particulièrement longue. Elle s'est donc installée sur un fauteuil de la terrasse. La brise légère du matin caresse son visage. Les yeux fermés, les souvenirs remontent à la surface, elle parcourt le récit de celui qu'elle a sauvé.

À la Bastide, de retour du tennis et le déjeuner consommé sur le pouce, les jeunes gens s'organisent pour leur rendez-vous respectif. Alors tous les deux, qui a gagné ? les a apostrophés

François. Ta fille préférée bien sûr ! répond Philippe et la conversation s'arrête net.

Charlotte, en short corsaire de sport et maillot rose sexy, arrive vers quatorze heures quinze. Taquine au possible, Camille lui offre une pochette avec, à l'intérieur, un bracelet en cuir sur lequel est gravé son prénom. Un peu gênée mais heureuse de son attention, elle dépose sur le front de son hôtesse un baiser en guise de remerciement et d'affection. Pendant qu'elle s'apprête à lancer l'application *Magnétophon*e, l'ancienne institutrice ouvre son porte-document pour en sortir une lettre énorme. Toujours très émue à l'évocation de cette période, elle en commence la lecture, il lui paraissait nécessaire d'en partager le contenu si important.

« 20 septembre 1944
Mon Amour, Ahouvi,

Je ne sais quand tu recevras ma lettre mais, d'après ce que nous entendons, les armées alliées avancent vers l'intérieur des terres de France. De notre côté, nous avons parcouru les vingt-cinq kilomètres environ qui séparent Ashkelon d'Ashdod, autre port sur la Méditerranée. La communauté juive est plus importante dans cette ville au passé biblique remarquable. Mourant de soif, de faim et de fatigue, nous nous sommes rendus dans le bâtiment servant de synagogue. Le contrôle de nos dires validé, la méfiance dépassée, les habitants ont partagé avec nous réconfort et humour. Certains d'entre eux parlaient yiddish, ils nous ont offert l'hospitalité pour une longue nuit de repos. En échange, le lendemain, Johan a exercé son métier de médecin soignant les petites blessures et rassurant les mamans quant à la santé de leurs bambins. De mon côté, j'aidais l'instituteur dans la présentation de son cours de mathématiques à une cinquantaine d'enfants. Chacun ici essaye de parler hébreu alors je fais beaucoup d'efforts pour m'y mettre aussi. L'armée britannique chargée de l'administration du pays est omniprésente, scrutant chaque visage, à la recherche d'immigrants clandestins violant le Livre Blanc imposé par Londres qui restreint l'accès de cette terre aux Européens.

Des responsables locaux nous ont dressé un état de la situation politique. Demain, nous partirons découvrir une ferme collective qu'on appelle kibboutz, départ en fin de nuit, d'une part, pour échapper aux patrouilles et, d'autre part, pour arriver au moment du petit-déjeuner. Celui-ci est pris en commun tôt afin de vaquer aux travaux des champs, soigner les animaux avant que le soleil ne darde ses rayons.

Notre vie au kibboutz.

Le responsable de l'administration nous a accueillis puis présentés à l'assemblée des membres avec beaucoup de chaleur. Cette communauté est multidimensionnelle. À chacun, sans rapport avec sa qualification ou son métier d'avant immigration, est confiée une tâche qui n'est jamais pérenne dans le temps. Homme, femme, en âge de travailler, apporte donc sa contribution à la réussite du projet. Les enfants sont élevés en commun dans un grand jardin qui leur est destiné. La communauté a accepté avec joie notre présence, ceci nous permet d'apprendre des rudiments d'hébreu et de comprendre, grâce aux contacts avec les membres d'organisations politiques ou syndicales, la situation du pays ainsi que les projets des leaders en vue de son émancipation.

Le soir venu, nous avons monté notre première garde, encadrés par un ancien professeur de géographie de l'Université de Prague. La nuit, le moindre bruit peut être le signe annonciateur d'un danger pour le kibboutz, en conséquence la plupart des villages communautaires érigent une tour permettant une vision à 360° autour de l'implantation. Quelle fierté j'ai éprouvée lorsqu'un participant m'a remis son arme après avoir effectué sa période de service ! J'étais enfin reconnu, participant pleinement à la naissance d'un nouveau monde où je ne me cacherai plus. Les jours suivants, nous avons posé des explosifs tout autour du kibboutz afin de prévenir les possibles attaques de nuit.

Parmi les derniers arrivants, des gens de Tchécoslovaquie, de Pologne ou de Hongrie. Chacun considère comme un miracle son arrivée sur cette terre alors que sa famille n'a peut-être pas pu échapper aux camps... Je me suis ensuite endormi en sécurité, dans un vrai lit, après une douche énergisante, je pensais à toi, à nous.

Un matin, lors du premier repas, j'ai dû raconter mon histoire, et de ce fait la nôtre, en utilisant différentes langues ! Une ancienne du kibboutz m'a interrogé sur ta prochaine venue... Une fois le dîner d'hier soir consommé, nous avons écouté la chorale du kibboutz. Leurs chants en yiddish et en hébreu ont eu sur moi un effet flash-back : je me revoyais accompagnant mon père à la synagogue pour participer à la joie des fêtes dont je t'ai parlé.

Après une profonde réflexion avec Johan et malgré l'amitié que nous partageons avec les membres du kibboutz, nous avons décidé de continuer notre découverte de la Terre promise. Vous serez toujours les bienvenus pour partager notre vision et notre travail, ont ajouté les membres de l'équipe de direction lors de la séquence des Au revoir, *« Prends soin de toi ! Une femme t'attend en France » a glissé à mon oreille en yiddish l'Ancienne du kibboutz avant de me prendre dans ses bras, « notre futur État a besoin de vous. »*

Un transporteur de fruits et légumes nous a pris à son bord pour parcourir les trois kilomètres environ qui séparent Jaffa de Tel Aviv, au nord. C'est la plus grande ville, 200 000 habitants environ, qui a connu un développement important depuis 1932 en accueillant également tous ceux qui pouvaient alors fuir le régime nazi. Les rues et avenues sont spacieuses et la fraîcheur due à la proximité de la mer est un facteur de bien-être quand le soleil se couche.

Nous avions rendez-vous au centre-ville avec un leader d'un parti politique pro-indépendantiste. Il existe plusieurs groupes paramilitaires ayant des projets politiques. À ce stade, il nous est impossible de faire un choix définitif. Un médecin sera toujours utile, mais un chercheur en physique des rayonnements, que peut-il apporter à ce jour ?

Mon Amour, je m'inquiète pour toi. J'espère que tu vas bien. Moi, l'universitaire, j'ai redécouvert la foi de mes pères et je prie pour toi, pour nous.

L'Agence juive nous a proposé par l'intermédiaire d'un haut responsable de nous offrir le vivre et le couvert pendant une semaine en échange de travaux. Johan sera chargé des consultations médicales pour les enfants. Quant à moi, je ne devrais m'occuper que de questions techniques. Je suis si enthousiaste à l'idée d'aider à la construction de ce pays que je ferais bien n'importe quoi !

J'écris ma longue lettre le soir, après le travail et les réunions ou meetings avec tous ceux qui sont impliqués dans cette aventure. Pardon si, parfois, il y a des erreurs dans la chronologie des faits que je partage avec toi.

Au siège de l'Organisation, s'élabore chaque jour la politique à mettre en place face à l'Empire britannique. Les discussions sont parfois houleuses et le fil de la communication au bord de la rupture. Un homme de taille moyenne, inconnu de nous, est arrivé au début de la semaine, celle-ci commençant le dimanche.

Charlotte mobilise son attention en direction de la conteuse, elle veille à ne pas l'interrompre. Elle suit la lecture en jetant de temps en temps un coup d'œil sur une carte pour comprendre le périple de Dan.

Après de brefs préliminaires et souhaitant pour des raisons de sécurité préserver son identité, il s'est présenté comme un responsable d'un parti fondé en janvier 1930. Puis ce fut à nous d'exposer les circonstances qui nous avaient amenés à rejoindre ce formidable mouvement. Johan a parlé de son métier, des siens, disparus dans les camps de la mort, et de sa volonté de commencer une vie nouvelle au service de la population. Mon tour venu, j'ai raconté mon arrivée en France, avec ma famille, en provenance de Varsovie. J'ai présenté mon père, l'état de ses recherches, mon parcours universitaire aux portes du doctorat en physique, arrêté brutalement le 16 juillet 1942 suite à l'opération "Vent Printanier". J'ai fait le récit de mon sauvetage et de notre rencontre puis de mon voyage à travers la France occupée. Je précisai que si l'aventure sioniste me passionne, je désire également être citoyen du monde et vivre dans le lieu de mon choix avec celle que j'aime.

L'inconnu nous écouta avec un intérêt non dissimulé, prenant des notes en hébreu ou en anglais. À la fin de notre exposé, il retira ses lunettes, releva la tête, esquissa un sourire puis, respirant profondément, nous déclara :

"Je suis sioniste depuis le jour où l'on m'a raconté le pogrom de Kichinev en Bessarabie, province de Russie, en avril 1903. Mon grand-père rabbin a été assassiné ainsi que des membres de la congrégation et mes parents ont dû fuir en Pologne. Je suis arrivé ici au cours de la quatrième alya en 1925. Nous nous installâmes dans la bourgade de Tel Aviv. J'aime ce pays, je m'y sens libre. Je n'ai pas peur de vivre ma religion et je respecte celle de mes semblables sans plier le genou devant quiconque. De toute ma force, je veux participer à la création d'une patrie pour les Juifs du monde entier. Je suis heureux de vous rencontrer, nous avons besoin de tous les gens de bonne volonté."

L'émotion perceptible dans sa voix nous permit de comprendre la détermination qu'il mettait dans son activité quotidienne. Il travaillait le jour et conduisait des réunions d'information politique la nuit.

Un cordonnier, venant de Hongrie, arrivé en 1943 nous a accueillis avec chaleur et intérêt.

Je termine ma longue lettre que je confierai demain à notre ami qui la postera pour moi depuis le port de Haïfa.

Je t'aime, je t'aime et je pense à toi. Regarde vers le ciel, ici il est bleu. Pour nous aussi, il le restera.

Bien à vous. Je ne DEMAnde qu'à vouS être uTile 10. Dan

Ne dérogeant pas à son habitude, Camille revit, par la lecture de ses lettres, l'émoi éprouvé lors de leur réception. Devançant la question de Charlotte, elle déclare : cette lettre confirma ce que je savais de Dan. Cet homme brillant était déterminé à demeurer maître de ses choix. Mais de mon côté, j'éprouvais toujours une certaine crainte en l'avenir. La France connaîtrait une ère nouvelle. N'allions-nous pas manquer le train de la vie ? Comment construire un vrai foyer ? Et Dan ? Sera-t-il toujours là ? Ou bien sa passion pour la physique et la construction de ce nouveau pays seront-elles devenues mes concurrentes dans son cœur ? »

Devant de telles interrogations, l'écoutante, toute en empathie, demeure muette. Ne souhaitant pas exercer sur l'octogénaire une quelconque forme de pression, elle lui propose de remettre à plus tard la suite de l'entretien.

Le ciel est couvert, elle accélère l'allure pour arriver à la Bastide vers dix-huit heures quinze. Sur la table de la cuisine, Marianne avait laissé un mot à son attention : *nous sommes partis faire des emplettes. Une douceur t'attend dans le réfrigérateur, c'est une nouvelle recette. Bisous Maman.*

14
D'une réalité à l'autre

Il fait beau en cette fin de semaine. Les parents sont partis rejoindre les chemins de randonnée. Ils déjeuneront près de l'Allier. Malgré les années et l'usure du temps, ils sont toujours amoureux l'un de l'autre, ces espaces de liberté constituent l'occasion de se promener main dans la main et pour François de lui voler un baiser. Charlotte a mis de l'ordre dans ses pensées. Après un solide breakfast, elle relira les notes et réécoutera les enregistrements, ses vacances sont studieuses mais elle ne le regrette pas. Vers onze heures, elle ira cueillir Sandrine à la gare de Vichy en provenance de Six-Fours-les-Plages via Lyon. Elles déjeuneront léger puis direction centre-ville. Philippe de son côté, la tête dans les étoiles de l'amour, attend le premier appel de sa dulcinée. La radio, branchée en permanence, débite ce qu'il a déjà entendu hier au soir ou plutôt de très bonne heure ce matin. Une information cependant attire son attention : la polémique entre deux médecins, médiatiquement connus, à propos de la nécessité d'être ou non vacciné. Et voilà que cela recommence, chacun son dada. Et les patients subissent un peu les avis des grands pontes, s'exclama-t-il dans la cuisine sa tasse d'espresso à la main. « Tiens, mon frère est en forme ! » « En forme, c'est vite dit, mais vraiment très heureux d'être là ! » Appel d'Alain vers onze heures cinq. Il lui propose le confort du SUV de son père pour une sortie avec Maéva et Sylvie. « Excellente idée ! Je te laisse choisir le resto et la route, sachant qu'il faudra repasser par Vichy, les filles ont déjà décidé de faire les promos. ». « Je vois bien ce que tu veux dire ! Je suis là dans quinze minutes. »

Et chacun s'échappe pour répondre aux exigences d'une nouvelle journée. Charlotte quitte la Bastide vers dix heures quarante-cinq, au moment même où l'Inter-Cité en provenance de Lyon commence à ralentir. Dans la voiture de queue, Sandrine, toujours aussi excitée, contrôle le contenu de son sac de voyage. Un texto l'informe que sa copine l'attend en tête de train. Elles tombent dans les bras l'une de l'autre avec effusion. Le serveur du fast-food *Spécial salade* les accueille avec un large sourire et un menu à faire pâlir de jalousie tous les cuisiniers de leur connaissance. Elles jettent leur dévolu sur une salade Océane pour l'une, une préparation du Périgord pour l'autre, accompagnées d'un dessert glacé crème chantilly qu'elles partagent, le tout arrosé d'une eau minérale *Grand cru* pour les deux complices. « Alors, raconte-moi ! Six-Fours, c'était comment ? La plage, ton cousin, taquin comme d'habitude ?

— Antonin a été super ! Nous avons visité la côte varoise, il a organisé des pique-niques sur la plage avec ses copains et copines. Et toi ? La Bastide, ton nouveau hobby, cette dame et son aventure ? »

Et, sur le ton de la confidence, la conversation se poursuit, leurs grands rêves, leur amoureux respectif… Plusieurs heures à faire les boutiques et c'est avec les bras chargés de vêtements qu'elles rejoignent la voiture pour s'acheminer vers la Bastide.

Marianne sourit à la vue des sacs remplis de mini-jupes, shorts et tee-shirts aux couleurs chatoyantes de l'été.

Alain et son partenaire de tennis, chemise foncée pour l'un et 501 délavé pour l'autre, ont rejoint la demeure de Maéva où elle les attend en compagnie de Sylvie. Les deux copines ont opté pour des robes d'été d'une élégance décontractée laissant entrevoir leurs jambes bronzées. L'étudiant en médecine embrasse son amoureuse qui ne lui lâche plus la main. C'est la première longue escapade avec ses amis proches depuis sa sortie d'hôpital. Les deux couples prennent la direction du sud en écoutant la musique émise par une radio FM. L'auberge près du cours d'eau, lieu de leur première rencontre, leur tend les bras. « Sylvie et moi avons pensé que cela vous ferait plaisir de revenir ici, déclare Alain en se garant sur le parking.

— Merciii ! chuchote le couple.

Une bouffée d'émotion frôle la convalescente et une larme se fraye un chemin sur sa joue, elle empoigne de plus belle la main de Philippe tandis que Sylvie lui tend un *Kleenex* en ajoutant :

— Courage, ma grande, on est avec toi !

— J'ai une faim de loup et l'odeur de cuisine aiguise mes papilles à souhait », lance Alain pour détendre l'atmosphère.

Le maître d'hôtel leur propose une table dans le jardin, un peu à l'écart, abritée du soleil par un grand parasol. Maéva file bon train sur la voie de la guérison. Son chéri a évoqué le projet d'intégrer le pôle universitaire de Vichy. Ils attendent avec sérénité une réponse positive. Alain, en guise de surprise, leur détaille le planning de sa prochaine installation dans le village. Sylvie, business woman dans l'âme, se projette avec sa facilité et son insouciance habituelles : « Je verrais bien le toubib et le kiné associés, je vous ferais un site internet !

— Et le dimanche soir, on irait dîner à l'auberge dont je serais, avec le temps, devenue propriétaire.

— Bon, Alain ! On leur laisse les clés, on rentre à pied pour aller jouer au tennis. »

Alain demeure muet, il déguste son cocktail *Rouge Caraïbes*. Le plaisir d'être ensemble est palpable. Seule Maéva paraît par instant soucieuse. Ses crises d'angoisse s'espacent manifestement, son amoureux est présent, attentif et prévenant, mais elle attend peut-être quelque chose de lui… Tout a été si vite. Un échange de sourires ce soir d'été et son cœur devient plus léger. D'abord, le rendez-vous au Club House du golf, puis leur premier dîner en tête à tête dans cette même auberge, elle a l'impression de s'embarquer dans une aventure qu'elle ne maîtrise pas. Ils savent presque tout l'un de l'autre et ils se font confiance. L'accident puis son hospitalisation l'avaient rendue vulnérable. Elle s'en était ouverte à sa meilleure amie. Sylvie, en fine psychologue, l'avait rassurée, ayant vu Philippe à l'œuvre lors de son séjour à l'hôpital. En ce samedi d'août, entourée de ses amis et d'un prétendant qui lui tient la main, elle doit profiter de la vie, simplement.

Un couple de séniors, attablés un peu plus loin, retient l'attention d'Alain. Le monsieur observait sa dame avec un regard limpide comme s'il lui transmettait un message secret. Alain en fait la remarque aux trois convives. Maéva frôle la main bien-aimée. En guise de réponse, Philippe dépose un baiser sur ses lèvres entraînant Alain à faire de même avec Sylvie. Le maître d'hôtel leur propose de savourer desserts et cafés sur la terrasse en contrebas, au-dessus du fleuve. En passant devant le couple, les deux amies le saluent. L'homme se lève, leur sourit, la femme leur adresse un signe amical. Ensuite, ils s'offrent une balade en amoureux le long des berges du fleuve puis prennent la route vers Vichy pour permettre aux filles de dévaliser les boutiques de vêtements.

Dimanche en fin d'après-midi, alors que la dream team plaisante autour d'une préparation aux fruits sur la terrasse, le téléphone de Charlotte vibre. Elle s'attendait à recevoir un appel de David mais c'est le numéro de Camille. « Bonjour, ma Petite ! Je ne te dérange pas ? » « Non, pas du tout ! relève la jeune scientifique. Que puis-je faire pour vous ? ajoute-t-elle. » « Je voulais entendre ta voix. Quand viens-tu ? J'ai encore des choses à te raconter. » « Je suis avec mon amie Sandrine. » « Alors, venez toutes les deux demain, comme cela je ferai sa connaissance. Passez une bonne soirée ! Bon, je vous embrasse. » « Moi, heu… nous aussi, à demain.

— Pas de problème ? demande Maéva.

— Non, c'était Camille qui nous donne rendez-vous pour demain.

— Ah ! Ah ! Tu l'as conquise, apparemment », ajoute dans un sourire complice la jeune femme.

Lundi, quatorze heures trente, les deux Parisiennes se présentent au rendez-vous, un gâteau sous le bras élaboré par elles-mêmes. La résidente, souriante comme lors des rencontres précédentes, les accueille avec enthousiasme. Pendant que Charlotte s'installe, Sandrine fait connaissance avec l'ex-propriétaire de la Bastide qui lui pose de multiples questions. « Alors ? Tu es une proche de *ma* Charlotte !

— C'est ça… Nous nous connaissons depuis la terminale et faisons les mêmes études.

— J'ai compris que tu retournes à Paris. Reviens vite passer un moment dans notre région !

— Je ferai de mon mieux !

Puis Camille sort de son porte-document une lettre reçue début décembre 1944, marquée du sceau de l'Empire britannique et, plus précisément, de la poste aux armées de Haïfa.

1er novembre 1944
Mon amour, Ahouvi

Le temps passe trop vite et les événements prennent une tournure bien complexe. Les soldats britanniques sont toujours à la recherche d'immigrés clandestins. Les prisons ne désemplissent pas. Chaque jour, ils essayent d'appliquer les règles du Livre Blanc et pourtant la Légion Juive a un comportement remarquable dans son combat aux côtés des Alliés dans la lutte contre les forces de la Wehrmacht !

Nous vivons toujours à Tel-Aviv avec Johan. Il dispense des soins dans un dispensaire à une population défavorisée. En ce qui me concerne, en plus de donner des cours de mathématiques aux enfants et aux adultes, je m'applique à mettre en ordre un certain nombre de documents.

La semaine passée, des kibboutzim ont subi des attaques nocturnes, les bandes de pillards lourdement armés étaient à la recherche de bovins et d'ovins. Suite à ma première intervention dans la ferme collective près d'Ashdod, on m'a sollicité pour aider les exploitations victimes des attaques à poser des explosifs autour des clôtures. Ces gens sont merveilleux ! Venant d'Europe de l'Est et fuyant les pogroms (car accusés de meurtres rituels !), ils ont courageusement retiré les pierres, asséché les marécages au péril de leur vie et transformé cette terre hostile en exploitation agricole capable de subvenir aux besoins des populations. Dans les villes, les heurts entre les populations juives, les soldats anglais, d'une part, et les populations arabes, d'autre part, augmentent.

L'avenir m'apparaît difficile à entrevoir. Les factions rivales s'affrontent dans de longues discussions politiques dont on ne perçoit pas l'issue. Les moyens financiers venant de la diaspora ne sont pas toujours au rendez-vous. Les leaders vivant à l'étranger font ce qu'ils peuvent, mais leur jugement paraît décalé par rapport à la réalité du terrain. Je t'avoue avoir du mal à me situer dans ce système mais j'ai confiance, le scientifique que je suis connaît bien cette réalité : essuyer des échecs avant d'arriver à la précieuse découverte !

Malgré les distances qui nous séparent depuis ces longs mois, je ne cesse de penser à toi et d'imaginer des projets pour nous.

Un soir de la semaine, en même temps qu'on m'annonçait le reflux des armées allemandes (ce qui me réconforta car je te savais, enfin, en sécurité et libre), j'ai été invité à rencontrer le directeur d'un Institut de recherche technique et scientifique situé à Haïfa, à plus de quatre-vingts kilomètres au nord de Tel-Aviv. Nos amis avaient remarqué que les soldats levaient les barrages à l'aube permettant ainsi une libre circulation sur les axes principaux. Partis avant le lever du soleil et après de multiples détours pour tromper d'éventuels suiveurs, nous sommes arrivés sur le mont Carmel où nous avons été accueillis chaleureusement par le directeur actuel de l'établissement. Il nous parla longuement de leur Institut, inauguré en 1924 mais créé en 1912 avec, parmi les fondateurs, un certain Albert Einstein. Il insista sur le principe que la mission assignée à cette organisation était la formation de scientifiques de haut niveau dans le futur État. Une fois son intervention conclue, il nous invita à partager fruits et boissons. Cet homme, d'une cinquantaine d'années, s'approcha de moi et, me prenant par le bras, m'entraîna à l'écart pour entamer une conversation en yiddish.

Dan, je connais votre père. J'estime beaucoup l'homme et le scientifique ayant moi-même suivi avec intérêt ses travaux. J'ai appris votre départ vers la France où vous poursuiviez une carrière universitaire et l'on m'a rapporté que vous avez, par miracle, échappé à la rafle de Paris en 1942. Puis, grâce à la bienveillance de la Résistance, vous avez traversé la France puis l'Afrique du Nord pour rejoindre les côtes de la Terre promise.

Il s'arrêta pour reprendre son souffle. Visiblement ému, il attendait mon intervention, mais je ne savais que dire… les pensées et les mots se bousculaient en même temps que les souvenirs pénibles de ma vie… Sans attendre, il poursuivit avec autorité.

Bientôt, ce pays renaîtra et nous aurons besoin de fils et de filles comme vous ! Des scientifiques, des chercheurs et des techniciens qui, grâce à leurs découvertes, permettront aux habitants de vivre en sécurité. Votre visite, ici, ce jour, ne peut être due au hasard, votre attachement spirituel est dans ce pays du futur. En vous engageant à nos côtés, vous participerez à rendre la dignité et l'espérance à tout un peuple souvent opprimé. Cela n'empêchera nullement la réussite de vos projets ailleurs, en France, une fois la guerre achevée.

Je compris qu'il savait beaucoup de choses sur moi, sur nous !

En attendant, poursuivit-il, vous pouvez vivre au milieu de nous, nous avons des chambres et les repas vous seront offerts contre des travaux divers au sein de l'Institut.

Mon amour, je comprends maintenant les raisons profondes de mes choix. Non seulement grâce à toi j'ai échappé à une mort certaine mais, aujourd'hui, un projet me dépassant m'est présenté. Je ferai mon devoir et mettrai donc mon savoir au service de ce futur État sans renoncer à vivre près de toi, en France ou ailleurs, si tu le veux bien encore.

La ville devant mes yeux s'endort et mes pensées s'envolent vers toi.

Les informations que nous glanons chaque jour auprès de l'occupant britannique font état d'une avancée significative des troupes alliées et soviétiques.

Je t'aime.

Bien à vous Je ne DEMAnde qu'à vouS être uTile 11 Dan

Et, selon un scénario bien huilé, Camille enchaîne avec, cette fois-ci, un sourire non dissimulé car la lecture de cette lettre engendre en elle un immense bonheur.

Voyez-vous, les filles, je pressentais sa décision, et je savais qu'il reviendrait. Seule incertitude, la date de son retour. Je passai à nouveau les fêtes de fin d'année seule, sans sa présence, et je dus affronter une multitude de questions. Certes, la guerre n'était pas finie, mais Paris et Vichy libérées ainsi que le débarquement en Provence constituaient un immense espoir. Je vivais, comme la plupart des femmes de prisonniers, dans l'attente et l'angoisse d'un retour prochain car nul ne sait comment les êtres évoluent. En ce début d'année 1945, deux nouvelles du front de l'Est attirèrent mon attention : le dix-sept janvier, l'armée soviétique entra dans Varsovie et, dix jours plus tard, elle libéra les prisonniers du camp d'Auschwitz. Ces informations firent sur moi l'effet d'une bombe, je reverrais l'homme que j'aime ! »

Après l'entretien, les deux inséparables retournent à la Bastide. Dans la voiture, Sandrine, toujours prompte à engager le débat, n'en revient pas. « Cette femme est fantastique ! Quelle force de conviction, quelle confiance dans cet homme ! Pourtant, la guerre n'était pas encore gagnée et ils étaient séparés par trois années de luttes et plusieurs milliers de kilomètres !

— J'ai l'impression d'être à l'école du courage que l'on peut puiser dans l'amour.

— Et ce type qui traverse des pays hostiles, qui trouve sa raison d'être, sans mettre en danger son amour… Conte de fées ou puissance du destin, je ne saurais le dire. »

Cette dernière remarque marque le début d'un long silence dédié à la réflexion.

15
Le retour

Toujours à l'affût de la moindre information qu'elle pourrait glaner, Charlotte, aidée par son amie, recherche dans les combles d'autres bribes de lettres envoyées par Dan lors de son périple de retour. Une enveloppe marron, lourde, estampillée du Royaume de Belgique, attire leur attention. Elles l'ont trouvée dans le tiroir supérieur d'un bureau, situé dans un recoin peu éclairé, à l'opposé de la vieille maie. En provenance de Bruxelles et datée du 3 mars 1945, elle a vécu bien des péripéties.

Le train de Sandrine en direction de Paris étant annoncé pour quatorze heures cinq, les deux amies quittent la Bastide vers douze heures trente pour rejoindre Vichy. Tout en promettant de rester en contact, elles prennent la direction de leurs centres d'intérêt. Charlotte se fait ensuite annoncer par l'hôtesse d'accueil vers quatorze heures quarante. Camille qui a, entre temps, reçu un SMS de sa scientifique préférée l'attend dans le salon dont elle a baissé les stores à cause de la luminosité.
« Donc, Sandrine nous a abandonnées ! déclare-t-elle.

— Elle avait d'autres obligations.

— Eh bien, montre-moi donc ce que tu as trouvé, suggère l'octogénaire.

Charlotte sort l'enveloppe marron de son sac. La vieille dame s'en saisit vivement et la tourne dans tous les sens, s'arrêtant sur le timbre et l'oblitération de ce pays voisin…

Ça alors ! La voilà ! Je l'ai si longtemps cherchée avant mon départ de la Bastide ; je savais bien qu'elle dormait au grenier mais la difficulté de monter les marches de l'escalier avait eu raison de mon courage.

Elle en sort plusieurs feuilles jaunies par le temps. L'écriture rapide témoigne d'un scripteur pressé, gérant une multitude d'activités.

Mon amour, Ahouvi

La situation politique ne change pas beaucoup ici. Les relations avec la puissance gérant le pays sont bien instables : elles passent par des moments de coopération puis surviennent des périodes froides, voire conflictuelles, avec leurs lots de souffrance. Je travaille à l'Institut avec un mathématicien, d'origine polonaise, et un jeune chimiste au talent prometteur, venu de Vilnius. J'écris depuis peu des articles scientifiques dans le Jerusalem Post, journal du pays publié depuis 1932.

Je serai bientôt près de toi, sois sans crainte. Mais je veux connaître le sort qui a été réservé à mes grands-parents, j'ai donc demandé à m'absenter. Et voici résumés les propos du directeur de l'Institut :

Tu vas repartir pour l'Europe, lieu de notre souffrance, et je suppose que tu vas retrouver celle que tu aimes et qui t'a sauvé de la mort. Ceci est bon pour toi, et pour nous également, ton bonheur est le nôtre ! Profite de ce déplacement pour rencontrer des jeunes scientifiques juifs ayant fui la barbarie et désireux de rejoindre le mouvement sioniste. Toute information permettant d'atteindre notre objectif d'autodétermination est important.

8 janvier 1945, Chypre

J'ai embarqué sur un navire anglais en direction du port chypriote de Larnaca, ma qualité de journaliste m'a ouvert certaines portes et non des moindres. Le capitaine d'un cargo m'a accueilli avec bienveillance pendant la traversée. À Chypre, un représentant de l'Agence juive m'a hébergé pendant deux jours me permettant de trouver un embarquement vers l'Italie, plus exactement vers Venise. Mes nouveaux papiers d'identité font de moi un Britannique du nom de Gareth David Samuelson-Jones (né d'un père juif et d'une mère galloise, baptisé dans l'église anglicane de Cardiff en 1921, ses parents s'étant établis en France dès 1932). Je t'avoue que je suis plus à l'aise avec mes formules !

Un officier vétéran de la bataille d'El Alamein et acquis à la cause sioniste m'a pris sous son aile pendant la traversée, me donnant de précieux conseils pour la gestion de ma sécurité. Notre traversée fut longue et inconfortable, la mer était forte et, plus d'une fois, j'ai bien craint qu'elle nous engloutisse, nous, notre cargo et sa cargaison.

Venise.

Dès mon arrivée dans la cité des Doges, j'ai erré pendant trois jours. Je cherchais le moyen de pénétrer dans le ghetto juif, mais la majeure partie de ses habitants a connu la déportation et très souvent la mort. Malgré l'occupation allemande, un chrétien a accepté de me parler, après plusieurs détours, dans une chapelle. Il m'a permis de rencontrer un membre influent de la communauté israélite qu'il cachait en dehors de la ville, dans la campagne environnante vers Bologne. Moitié prophète moitié scientifique, habitant le quartier juif, ce professeur de mathématiques était absent de son domicile lors de l'intervention des soldats de l'Axe. Sauvé par ce croyant, il avait enseigné à l'Université de Bologne et gardé contact avec des élèves juifs particulièrement doués. Ceux-ci sont aidés par des Italiens bienveillants. Je lui ai confié l'objet de ma mission et, sûr de la future victoire des Alliés suite à la capitulation des Italiens, je l'encourageai à se rapprocher du Sud de l'Italie pour rejoindre la Terre promise.

Bologne.

J'y ai demeuré quatre jours pour visiter son Université à la recherche des traces de ces étudiants. Dans le quartier juif, transformé en ghetto, il me fallait surtout veiller à ma sécurité et, le cas échéant, éviter d'honorer des rendez-vous douteux... Finalement, j'ai trouvé le moyen de quitter l'Italie pour l'Est de l'Europe.

Fin janvier 1945, les armées alliées et soviétiques avançaient l'une vers l'autre. Les informations, plus ou moins vérifiées, font état de la libération de Varsovie, et du camp d'extermination d'Auschwitz par l'Armée Rouge. Les pays que je compte traverser vivent encore sous le joug des nazis. Seule la Pologne, dont je connais la géographie et parfaitement la langue, semble être le pays le plus approprié pour accomplir ma mission.

J'ai dû jongler avec d'hypothétiques horaires de train en temps de guerre, des contacts plus ou moins fiables et leurs modes de vie. Certains, plus mystiques, attendent une intervention divine, les autres, autant respectueux des croyances de leurs pères, affrontent le réel et passent à l'action. Toujours est-il que j'ai mis plusieurs jours, en prenant soin de moi et de ceux qui pouvaient m'aider, pour atteindre après de multiples détours les portes de la Pologne. J'ai traversé les frontières entre l'Italie du Nord, l'Autriche et la Tchécoslovaquie, puis la Pologne en utilisant tout ce qui pouvait rouler ! En Tchécoslovaquie, j'ai pris des contacts en vue de l'achat d'équipements. J'ai souvent craint de ne plus te revoir quand, épuisé par le froid, le manque de nourriture, la menace, je m'affalais avec mes compagnons de voyage à même le sol dans des endroits aussi étranges que les ruines d'une synagogue ou un cimetière... Je ne sais quoi dire... ni quoi offrir... à ceux qui ont vécu l'enfer et perdu des êtres chers, sinon les encourager à rester unis et se diriger vers le Moyen-Orient, vers Sion. Je parie sur un mouvement de masse de tous ces malheureux refusant de revenir dans leurs pays de souffrance. Ces groupes, ainsi formés, avec l'aide et la bienveillance de la Communauté Internationale, pourraient s'embarquer vers la Terre promise... J'ai appris qu'une certaine forme de résistance armée avait émergé dans les forêts, sauvant ce qui pouvait l'être, ou mourant dans l'honneur les armes à la main.

Avant d'atteindre Varsovie, une vieille femme m'a hébergé dans une masure abandonnée. Un soir de sabbat, elle alluma un reste de bougie, j'eus, à ce moment-là, le sentiment de redevenir enfant et je revis ma grand-mère pratiquer cette coutume.

Camille marque un temps d'arrêt pour reprendre son souffle et craignant une certaine lassitude de sa jeune amie :

— Est-ce que cela te passionne toujours ?

— Oh oui ! Et plus que jamais ! rétorque Charlotte en lui tenant la main. *Cette femme est taillée pour le marathon,* se dit-elle au fond d'elle-même.

Il est bien temps de s'offrir un rafraîchissement avant de poursuivre avec enthousiasme l'aventure de Dan.

Varsovie

J'espérais, sans trop y croire, mais j'espérais quand même, pouvoir retrouver des survivants… Le ghetto a été détruit en mai 1943, plus rien ne subsiste du lieu de culte. Je dois maintenant affronter la sinistre réalité : TOUS les membres de ma famille ont été anéantis. En guise de pied de nez à l'occupant, le vieux Rabbi avait détruit la liste de ses coreligionnaires. Aujourd'hui dans Varsovie libérée, le petit reste de la communauté israélite m'a offert ce qu'elle avait de mieux, sa confiance et quelques indications pour trouver des candidats à l'émigration.

J'ai alors décidé de revenir vers la France, sans passer par l'Allemagne. Je fus alors conduit vers un port de la mer Baltique, de là, un bateau de résistants m'a convoyé jusqu'au Danemark puis un esquif de pêche m'a permis d'atteindre Anvers. À chaque étape, riche en émotions, j'ai rencontré ceux qui restent des communautés israélites de ces pays, souvent cachés par des chrétiens dans des granges, dans des sous-sols d'immeubles plus ou moins détruits.

Dans la banlieue flamande de Bruxelles, j'ai été accueilli dans l'église d'un pasteur, chef d'un réseau de résistants. Par son intermédiaire, je fis la connaissance de jeunes Juifs, venus d'horizons différents, prêts à se lancer dans l'aventure de l'émigration…

C'est de Bruxelles que je t'adresse cette très longue lettre relatant mon voyage de retour vers toi. J'ai tellement hâte de te revoir, pour être plus près de toi, Ahouvi.

Je t'aime
Bien à vous Je ne DEMAnde qu'à vouS être uTile. 12 Dan

Camille s'arrête et répète, pensive, la dernière phrase : c'est de Bruxelles que je t'adresse cette très longue lettre… J'ai tellement hâte de te revoir, Ahouvi… Je t'aime… D'habitude, à la fin de chaque lecture, l'ex-propriétaire de la Bastide offrait un visage submergé par l'émotion. Cette fois-ci, elle se tient bien droite et ressent une évidente fierté à l'égard de son amoureux !

Tu vois, poursuit-elle, ce courrier, c'est ma mère qui me l'a transmis à la sortie de l'office un dimanche de mars, il annonçait NOTRE printemps. Je portais ce jour-là le bracelet gravé, cadeau de Dan. Elle m'a simplement notifié : "Je crois que c'est pour toi" son visage était inexpressif. Je devinais sa pensée concernant ma relation avec *ce fugitif.* Le repas familial dura plus longtemps qu'à l'accoutumée, mais au lieu d'augmenter mon angoisse, un calme bienfaisant s'était installé en moi. La conversation familiale se focalisa sur le prochain retour des prisonniers et de la victoire finale des Alliés. Seul Guillaume montrait des signes d'appréhension. Dans ma tête, je faisais l'hypothèse que la solitude de la vie lui pesait. Il travaillait d'arrache-pied et n'avait pas en projet de fonder un foyer. De retour à la Bastide, je m'installai confortablement sur le vieux fauteuil en osier sur la terrasse. J'ouvris cette lettre lentement en prenant mille précautions, puis j'entamai sa lecture. Au fur et à mesure que je déchiffrais son écriture rapide, mes yeux s'embuaient de larmes de joie. Et mon esprit s'évadait… élaborant des projets de bonheur… Je la lus et la relus jusqu'à pouvoir la réciter, elle passa la nuit près de moi. »

Dix-sept heures sonnent dans les bonnes maisons de France et marquent le temps de la séparation momentanée. À jeudi ma Petite, murmure-t-elle en déposant une bise sur son front.

Sur le chemin de retour, Charlotte fait une pause au siège du club d'improvisation où l'attendaient ses copains et copines pour une heure de plaisir et de rire. De retour au vestiaire, elle constate qu'une kyrielle de textos fait la queue sur l'écran de son smartphone. Le premier d'entre eux venait de Sandrine : *Coucou, je suis super inquiète, tu sais le grand blond que j'ai rencontré cet été avec mon cousin ne répond ni au téléphone ni aux textos que je lui envoie. Même mon cousin est muet. Je ne sais plus quoi penser. Appelle-moi ! Bisous*. Pas d'inquiétude, elle connaissait sa Sandrine, elle lui répondra ce soir. Le deuxième lui était adressé par David qui racontait ce qu'il avait vécu à New York : *hello, ma petite Charlotte, je ne sais si tu es au courant, tentative d'attentat manqué à New York près 5e Avenue ce matin vers 10 h 15. Poursuivant individu armé la police a bloqué une partie du quartier : panique parmi les passants fuyant dans tous les sens. Pris dans ce tourbillon, Je me suis tordu la cheville en courant à cheval sur trottoir et chaussée. Je suis donc au Bellevue Hospital, cheville endolorie et gonflée en attente de radiographie. Je pense à toi, je t'embrasse.* La comédienne s'assoit sur un fauteuil dans le théâtre, respire longuement et pianote sur le champ à son boy-friend. *Hello, mon David, j'ai bien entendu une info concernant l'attentat mais je n'y ai pas prêté attention. Soigne-toi bien et tiens-moi vite au courant. Je pense très fort à toi ! Love, French Kiss*.

Quelles vacances, mais quelles vacances ! s'exclame-t-elle. La probable fiancée de mon frère heurtée par un camion, ma copine avec ses peines de cœur, et enfin mon boy-friend blessé à New York. J'ai intérêt à faire gaffe à moi en rentrant ! Tout en vérifiant l'intégrité de sa personne, elle ajuste son casque puis enfourche le scooter.

Sur la terrasse de la Bastide inondée de soleil, Yves, Monique et leur fille dégustaient un rafraîchissement aux multiples fruits de saison. La journaliste en herbe raconte l'essentiel de sa visite. Maéva se lève et lui topant la main demande : « Entre temps, as-tu d'autres nouvelles de David ? révélant ainsi ce qui n'était qu'un secret de polichinelle.

— Non, euh… oui, concède-t-elle un peu gênée, comme surprise en flagrant délit.

— Tu devrais l'inviter un week-end à son retour des States, propose son frère.

— Et on pourrait ainsi organiser une *teuf*, ajoute la jeune manager qui avait repris son travail à mi-temps.

Relevant la tête du code de procédure pénale, le professeur déclare en direction de Marianne :

— Eh bien, nous, si on partait en croisière avant la rentrée universitaire ?

— Sauf si TU as rendez-vous avec TA ministre », susurre Marianne avec humour. Les journées passent trop vite quand on est en vacances, pense-t-elle.

Au milieu des rires, le visage de Philippe redevient plus sérieux, il se dirige vers l'entrée du garage. Tout son être aspire à un lointain qu'il voudrait plus proche. Il s'interroge sur le moment le plus approprié pour demander la main de Maéva, même si cela lui paraît v*ieille France*. Tournant la tête, son regard rencontre celui de l'élue. Rayonnante sous le soleil de fin d'après-midi, elle ne le quitte pas des yeux lui envoyant des messages secrets, apanage des amoureux.

16
La délivrance

Les jours se suivent et souvent se ressemblent sur le long continuum de la vie. Les uns ont une existence tranquille paraissant sans intérêt, les autres virevoltent, vivent de passions et voient dans leur prochain la source d'un bien-être possible. Charlotte fait partie de ces jeunes qui vivent intensément. Sa relation avec Camille, basée sur une confiance et un respect mutuels, lui offre de découvrir à chaque rencontre un univers différent. Elle ne ressent aucune lassitude dans cette situation d'écoute et c'est avec un certain sourire aux lèvres qu'elle entame une nouvelle semaine. Pour l'octogénaire, ses confidences avec la jeune étudiante agissent comme un élixir de jouvence. Raconter son histoire d'amour avec Dan lui offre l'opportunité de transmettre un message d'espérance et de courage devant l'adversité. Bref, elle attend avec impatience l'arrivée de son invitée.

« Ah ! Te voilà ! lance-t-elle à la jeune scientifique en ouvrant ses bras. Donne-moi de bonnes nouvelles ! Dans un élan de dynamisme sans attendre de réponse, elle ajoute : ma nièce Monique m'a beaucoup réjouie en m'annonçant la reprise d'activité de Maéva, ton frère la soutient bien. Vous m'apportez vraiment beaucoup de joie, à votre manière, avec votre personnalité.

Charlotte sourit et déballe carnet de notes et enregistreur invitant ainsi son interlocutrice à poursuivre son récit.

Tu vois, ce que je vais te raconter n'est écrit nulle part. Je me fie seulement à ma mémoire et aux notes écrites sur mon calepin concernant notre vie commune à partir de son retour.

Nous sommes donc fin mars 1945. La France est libérée sur la majeure partie de son territoire, cependant les moyens de déplacement ne sont pas encore efficients. Le printemps était là, fleurissant arbres fruitiers et forsythias dans le jardin. Depuis la réception de cette fameuse dernière lettre, mes nuits sans sommeil dans l'attente de son retour étaient plus nombreuses. Tant de questions faisaient irruption dans ma tête et en particulier celles que toutes les femmes de prisonniers évoquent pareillement. Les retrouvailles ? Le temps de séparation et les souffrances vécues pendant ce conflit, chacun de notre côté, nous auront-ils changés ? Puis, la proximité retrouvée, faudra-t-il nous réadapter l'un à l'autre ? Pour conjurer le sort, je portais en privé le bracelet de sa grand-mère. J'essayais de m'inventer un nouveau monde, plus simple, plus heureux, je voulais transmettre de l'espoir aux enfants de ma classe. Un soir, le soleil printanier descendait lentement laissant à la lune le soin de régner dans le ciel, accompagnée d'une myriade d'étoiles, comme une mise en scène idéale pour un événement désiré. Vers vingt-deux heures, au moment où je rangeais la cuisine, un craquement à l'extérieur attira mon attention. Sans bruit, je tendis l'oreille. Quelqu'un tapait avec insistance sur le volet. M'approchant discrètement, je perçus cette voix si caractéristique qui s'exprimait ainsi : *Camille ? Camille ? C'est moi, Dan, ouvre-moi.* Tout à coup, réalisant ce qui se passait, mon cœur s'affola. Je déverrouillai fébrilement le volet, ouvris la fenêtre pour me trouver nez à nez avec lui ! Nous fîmes de façon simultanée un pas en arrière puis, l'effet de surprise disparu, nous nous jetâmes dans les bras l'un de l'autre. Je pleurais. Je pleurais. Les larmes inondèrent mon visage, et le sien, tandis qu'il m'embrassait avec la fougue que je lui connaissais. D'un geste rapide, il referma la porte-fenêtre et nous sommes restés longtemps enlacés… sans parler…

Revivant cette étreinte magique, elle se tait. Charlotte respecte son silence. Au bout d'un certain temps, elle a presque envie de les laisser seuls, les quitter sur la pointe des pieds, car le couple semble là, sous ses yeux. Camille lui offre alors un sourire radieux.

Je re-vi-vais, littéralement. Enfin la sortie du tunnel. Finie la solitude, balayés les questionnements et l'incertitude. L'homme que j'avais sauvé de la déportation, celui que j'aimais, était là, devant moi, plus beau, plus fort, plus déterminé que jamais ! Lui, le scientifique habitué aux raisonnements excluant l'irrationnel, je l'entendis remercier D. de nous avoir gardés. Je touchais d'un doigt tremblant ce concept qui s'appelle le bonheur. Je n'osais prononcer la moindre parole de peur de le voir disparaître. Était-ce bien réel ? Mais oui ! Et me pelotonnant contre lui, il sortit de la doublure de sa veste mon pendentif. L'avait-il porté comme un talisman ? Je ne le lui ai jamais demandé. À mon tour, je montrai le bracelet à mon poignet. Il prit ma main pour y déposer un baiser et je me blottis de plus belle contre lui. Les années à attendre son retour et la fin des hostilités venaient de s'évanouir en sombrant dans un puits sans fond. Nous allions pouvoir commencer à vivre, à construire notre vie ! L'amour fit le reste et, le lendemain matin, la sonnerie du réveil mécanique me rappela qu'une trentaine d'enfants attendaient leur maîtresse d'école ! Je déposai un baiser sur son front et quittai la maison pour une matinée de travail. À *plus tard mon Amour*, avais-je glissé dans le creux de son oreille. *Merci, Ahouvi,* m'avait-il répondu en s'étirant.

Le soir suivant, mon père, à qui j'avais annoncé le retour de Dan, nous rendit visite. Leurs retrouvailles furent cordiales, sans plus. Ma famille n'était pas antisémite mais avec les représentants du peuple de l'Ancien Testament, leur relation était certes respectueuse mais distante. Mon père savait que se jouait le bonheur de sa fille, il offrit donc à Dan du travail dans l'entreprise familiale. Quelque temps plus tard, Guillaume, toujours sombre, lui fit la même proposition. Il accepta de travailler dans les deux entités tout en souhaitant présenter sa thèse dans les meilleurs délais. Cette activité lui permit de se déplacer librement dans le village. Nul ne soupçonnait qui il était vraiment.

Le 8 mai 1945, le Reich capitulait, la guerre était finie. Un monde nouveau pouvait émerger. Au fur et à mesure des jours et des semaines, les prisonniers regagnaient leurs villes, villages et foyers. Malgré le peu de moyens financiers, la commune organisa une fête en leur honneur, nous y fûmes présents avec Dan. Je ne voulais plus me cacher ! Lentement, la vie se normalisait. Nous faisions des projets de vie. Il suivait, autant que possible, l'évolution de la situation au Moyen-Orient. Puis ayant recontacté son directeur de thèse, il le retrouva au cours d'un voyage à Paris. Le vieil homme avait résisté à sa manière dans la capitale. Il faisait aujourd'hui partie de la direction de l'Université, laquelle aurait besoin d'une bonne remise en ordre de marche pour assurer la prochaine rentrée. Il accueillit le jeune chercheur avec curiosité et empathie ; il avait appris l'arrestation de son collègue et, malgré ses efforts, il n'avait pu tirer la famille des griffes du malheur.

Pendant son séjour à Paris, Dan retourna dans son ancien quartier. Rien n'avait vraiment changé. Il interrogea les voisins, mais personne ne voulut lui répondre… Chacun craignait, peut-être, une quelconque chasse aux collaborateurs. Il retrouva avec émotion et gratitude les amis qui l'avaient aidé, partageant ainsi avec eux les principaux épisodes de son odyssée. Il s'informa également d'un possible retour des déportés. Hélas, ses parents, sa sœur avaient bien disparu.

Camille marque alors une pause dans son récit que Charlotte accueille avec bienveillance. Enfin, d'une voix plus posée, la conteuse poursuit son récit.

À son retour, que pouvais-je faire sinon partager son insondable tristesse ? *Je comprends ta profonde affliction,* lui avais-je répondu. *Alors, pour honorer la mémoire de ton père, travaille au mieux ta thèse.* Dan avait la rage de vivre et de démontrer que rien ne pouvait l'arrêter dans son élan. Il reprit avec ardeur ses recherches grâce aux documents gardés par son directeur de thèse.

Au début de juillet 1945, nous partîmes pour une semaine à Paris. Des amis étudiants mirent à notre disposition un studio proche de la Gare de Lyon. Il me présenta à tous ses amis proches. Nous visitâmes ce Paris que je connaissais peu. Je l'accompagnai quand il se déplaça à l'université en vue de la soutenance de sa thèse. En faisant la connaissance du responsable de l'Agence juive, je fus frappée par la détermination qui émanait de cet homme. *Plus jamais cela !* disait-il en parlant des membres de sa communauté disparus dans les camps de la mort.

Le dimanche suivant notre retour, une fois le déjeuner dominical achevé, je me réjouissais sur la route de la Bastide. Après avoir inspiré un bon bol d'air, je lui annonçai fièrement que nous allions avoir un bébé ! Il se tourna vers moi et s'exclama : *"Un bébé ? Un enfant de toi pour moi ?"* Quelle lumière sur son visage ! Il se rapprocha de moi puis me relâchant, il monta quatre à quatre l'escalier vers la chambre puis revint sa kippa à la main. Là, dans le jardin embaumé des senteurs de l'été, il pria longuement. Il revint vers moi, me prit par la main, m'embrassa en me disant d'un ton grave de prendre soin de moi. Il était attentif et cherchait à rendre service. L'exercice de sa piété constituait le seul élément qui le reliait à son passé, à son grand-père et, manifestement, la sérénité que Dan en ressentait était palpable. Cette nouvelle l'encouragea à passer plus de temps dans l'élaboration de sa thèse tout en s'impliquant auprès de mon père et de mon frère. L'annonce de ma grossesse ne fit pas la Une chez nous. Ma mère resta de marbre, mon père et mon frère accueillirent l'événement du bout des lèvres. Seule ma sœur manifesta réellement sa joie, il faut dire qu'elle était en pleine préparation de son prochain mariage avec son ami d'enfance.

Nouveau temps d'arrêt. Des larmes apparaissent sur le visage de Camille. Un long sanglot secoue soudainement son corps. Charlotte lui saisit la main. L'octogénaire garde ses paupières closes pendant un temps. Elle reprend ses esprits et la parole.

Tu vois, tout devait bien se passer, la vie en moi soufflait des ondes positives dans notre existence et pourtant…

Une nuit, début août 1945, je sentis que je faisais une fausse couche. Tout alla si vite ! Dan se précipita chez mes parents. Avec mon père, ils me conduisirent en voiture à l'hôpital de Vichy. Pendant le trajet, il ne lâcha pas ma main, je l'entendais prier. Se sont-ils parlé ? Je n'en ai, à vrai dire, jamais eu la certitude. Mais ils restèrent assis, côte à côte, à attendre une quelconque information me concernant. Une sage-femme le rassura ensuite du bon déroulement de l'intervention, mais évoqua malheureusement le risque d'une probable stérilité. Je revins à la Bastide aux alentours du 20 août 1945. Mon amour me porta dans ses bras jusque dans la chambre pendant que ma sœur s'affairait dans la cuisine. Il sécha mes larmes, me réconforta pendant les nuits, me parlant doucement et m'assurant de son amour. Il me racontait ses balades dans Varsovie, malgré l'adversité, tenant avec fierté la main de son grand-père. Ceci me permit d'effectuer le lent travail du deuil. Le traumatisme cependant était là. Il viendra perturber mes nuits de solitude. Mon état de santé physique s'améliora rapidement, je pus recommencer à vivre quasiment normalement malgré la peine qui m'étreignait. Comment accepter de ne pouvoir donner un enfant à Dan ? Il travaillait d'arrache-pied pour soutenir sa thèse, et jamais je n'entendis, dans sa bouche, un reproche sur mon état. J'avais parfois l'impression que lui et son peuple ont une résistance à la frustration.

La France se relevait lentement. Les matériaux manquaient, mon père voyait ses affaires prospérer. Il fallait nourrir la population et les demandes en graines et produits fertilisants allaient croissantes. Les ouvriers, ex-prisonniers revenus de détention, redoublaient d'efforts. Dan s'absenta pour finaliser sa thèse. À son retour, il déposa sur la table des paires de bas nylon, ainsi que deux disques de jazz, cadeaux d'un soldat américain, un nouveau chercheur en physique. Nous écoutâmes la musique sur le vieux phonographe. *Voici des présents pour la plus belle des femmes,* avait-il déclamé en me prenant dans ses bras. »

Pendant que Camille se raconte, l'intervieweuse émet en off la réflexion suivante : qu'y a-t-il de différent dans les situations que vivent les gens aujourd'hui ? Chaque génération connaît des bouleversements, mais les sentiments demeurent voisins. La souffrance ou la sérénité ont les mêmes fondements. Elle pensait aussi à ses parents : heureux et à l'aise aujourd'hui, mais demain ? Comme pour la conforter dans son analyse, un texto de David l'informait brièvement de son état : *Ma Charlotte, cheville endommagée, fêlure malléole ; Je pense à toi bises.* Profitant que son interlocutrice déguste le verre de jus d'orange posé devant elle, avec dextérité elle rédige la réponse fusant comme un éclair vers New York : *Hello David, prends courage, sois fort, je suis à tes côtés. Love et French Kiss.* La fatigue envahit les yeux de la pensionnaire, elle s'abandonne dans le fauteuil. Il est temps de clore l'entretien. Après les civilités habituelles, Charlotte enfourche son scooter.

Le ciel est légèrement bleuté et les rues du village animées. La Bastide s'offre un temps de quiétude. Le couple parental profitant d'un temps particulièrement clément pédale le long de l'Allier sans se soucier du monde qui continue de tourner de son côté. Philippe et Alain assis à la terrasse du bistrot, quartier général de la jeunesse du village, révisent leurs cours respectifs devant un cocktail de fruits. Chacun attend l'heure de retrouver son amoureuse. Seule à la Bastide, Charlotte opte pour l'intimité de sa chambre. Elle s'allonge et se laisse entraîner dans une réflexion multidimensionnelle. Sa première pensée l'amène vers David. Elle visionne à nouveau le film de leur rencontre lors de leur inscription à un groupe de travaux pratiques. David, en s'asseyant à côté d'elle, avait posé un paquet de chocolats sur la table puis en avait offert aux deux copines qui s'étaient servies en souriant. Plus tard, à la bibliothèque ou à la cafétéria, ils avaient l'habitude de discuter sur leur choix d'études. David, fils d'un neurologue, s'orientait vers la recherche fondamentale. Charlotte voulait œuvrer dans le domaine de l'imagerie médicale. Il l'avait invitée à son anniversaire et à cette occasion l'avait embrassée, elle ne l'avait pas repoussé. De fil en aiguille, ils vivaient leur histoire en secret, simplement. Cet accident, dans un moment de tension politique, la pousse à se rapprocher de lui. *Je tiens vraiment à lui, je n'ai pas envie de le perdre.* Elle avait confié ses réflexions à Sandrine qui avait répondu entre deux éclats de rire, *Ma Petite, ça crève les yeux comme il est amoureux de toi, et vous allez si bien ensemble !* Une pensée chassant l'autre, son esprit revient sur son après-midi. Elle est empêchée dans la poursuite de sa réflexion par un texto : *coucou, ma Jolie, nous sommes en retard, si tu es à la maison, décongèle du pain. Bisous. Maman*

Au cours du dîner, son père et son frère, taquins et affectueux, s'enquièrent de la santé de David puis la conversation bifurque vers l'analyse de l'attentat manqué à New York. Le lendemain après le déjeuner, un scénario identique aux précédents prend place dans le salon de l'établissement où vit désormais Camille. Comme une *psy,* Charlotte manie l'art de la maïeutique avec une certaine aisance. L'héroïne de l'histoire ouvre la séance en déclarant tout de go : « J'espère que je ne t'ennuie pas avec ma saga ?

— Oh non ! Absolument pas ! Je suis bien avec vous, et votre vie est vraiment passionnante.

— Ça me rassure ! Concernant la grande Histoire, novembre 1945 fut marqué par l'ouverture du procès de Nürnberg.

— Mon père a étudié cet événement dans le cadre de ses études de magistrat. Mais votre témoignage est pour moi bien plus qu'une simple leçon d'histoire.

— Nous nous remettions lentement du traumatisme de la perte d'un petit être. Nous avons passé les fêtes de fin d'année, les premières depuis la fin de la guerre, en famille. Le soir du 24 décembre, nous assistâmes à la messe de Noël. Sur le chemin de retour, il me glissa à l'oreille que, dans ce nouveau monde, nous devions nous adapter sans renier ce que nous sommes. L'année 1946 fit son entrée dans une France en reconstruction. En février, ma mère tomba malade. Il lui fallut de nombreuses semaines pour recouvrer une santé qui resterait bien précaire. Quant à Guillaume, toujours aussi sombre. Mon frère ne se confiait à personne. Et Dan ? C'est mon père qui appréciait le plus sa présence, il ne regrettait pas d'avoir participé à son sauvetage. Mais restait une déception, il aurait espéré un autre compagnon pour moi.

En mars 1946, après dix jours à Paris pour préparer la soutenance de sa thèse, il me fit part de sa dernière rencontre avec le responsable de l'Agence juive. *Te rends-tu compte, la situation est extrêmement difficile pour ces milliers de survivants des camps d'extermination, ils ne veulent pas retourner dans leur pays d'origine.* Je ne savais quoi répondre et, en même temps, je ressentais l'indicible souffrance qui l'habitait. Pour orienter ses pensées vers le futur, je m'enquis alors de la date choisie pour la soutenance. Il avait été retenu un jour de vacances scolaires, je serais alors libre pour l'encourager par ma présence.

Je continuais mon travail d'institutrice à l'école du village, côtoyant dans ce contexte les femmes des ex-prisonniers. Nous avions tissé un lien social sincère.

Avril 1946, soutenance de sa thèse dans une salle de la Sorbonne devant un aréopage d'experts. Dans l'assistance, on notait la présence des amis de longue date, du représentant de l'Agence juive. Un inconnu jaugeait chacun de ses mots. Son directeur de recherche fut le premier à le féliciter. Il s'approcha enfin de moi et m'honora d'un baisemain. Dan parla ensuite longuement avec l'inconnu puis ils s'approchèrent de moi, je fis alors connaissance du directeur de l'Institut de Haïfa. Se tournant vers le Professeur Ariel B., il me présenta très fièrement comme sa compagne. L'homme inclina la tête et, tandis que je lui tendais la main, il ajouta : *Je vous souhaite, à tous les deux, un grand bonheur et, à nous, une future collaboration fructueuse*, en se tournant vers Dan.

Étrangère à cette partie de notre vie, ma famille le félicita poliment, du bout des lèvres. Ils étaient bien plus préoccupés par leur réussite financière. Courant juin, une offre d'emploi émanant d'un laboratoire de recherche parisien fut proposée à Dan. Devant ma réticence à quitter le village, il accepta ce poste à mi-temps, poursuivant en plus ses recherches dans le laboratoire de l'université. La période des vacances scolaires m'était propice pour le rejoindre dans la capitale. Nous vivions la première année sans guerre, cependant demeurait une interrogation sur les futures relations avec l'URSS. Son regard sur moi était si profond qu'il révélait son attachement. Moi, même amoureuse, je vivais cependant une certaine culpabilité de ne pouvoir lui donner l'enfant de notre amour. Paris nous offrait des lieux agréables comme les quais de la Seine ou les jardins des Tuileries pour rêver au soleil de l'été et nous faire prendre en photos dont je garde, précieusement, plusieurs exemplaires dans mon studio. Toujours à l'écoute de la situation au Moyen-Orient, il suivait avec attention les négociations avec l'Empire britannique concernant l'arrivée clandestine de nouveaux immigrants issus, pour la plupart, des camps de la mort. Enlacés devant la Seine, l'astre du jour sur son déclin, Dan me demanda de façon soudaine avec une pointe d'angoisse dans la voix : *et si je dois quitter la France, est-ce que tu partirais avec moi ?* Je savais qu'un jour cette demande, délicate et légitime, serait formulée… J'avais rejeté, dans le fin fond de mon être, la nécessité d'y faire face. À vrai dire, je ne savais que répondre, je ne voulais pas le perdre, mais ceci ne m'octroyait pas le droit d'être un obstacle à ses ambitions. Ne connaissant pas le Moyen-Orient, ni la société, ni la religion, je voulais être la plus honnête possible et je répondis sans fierté que, le moment venu, nous aviserions. L'homme de parole, courageux, habitué aux difficultés, empoigna ma main et m'entraîna à traverser la Seine pour flâner à Saint-Germain-des-Prés. Le représentant de l'Agence juive en France nous invita à dîner. Médecin de profession, il avait subi la discrimination du gouvernement de Vichy et échappé à la déportation grâce à des résistants chrétiens. Il vivait avec son épouse dans un appartement du Marais. Homme de conviction, il nous parla au cours du repas de son rêve sioniste. Dans le train qui me ramenait, je revivais ce soir de juillet 1942, notre rencontre. Dan avait ouvert pour moi de nouveaux horizons et j'avoue que je ressentais une certaine sérénité.

Ces jours de plénitude furent cependant de courte durée.

Un soir de fin août 1946, mon père se rendit dans l'usine de mon frère, voulant s'entretenir avec lui de gestion de trésorerie. La lumière du hall de production était éteinte. Aucun bruit. Seul le bureau à l'étage était éclairé. Selon ses dires, mon père ressentit un sentiment de malaise, d'angoisse soudaine. Il héla Guillaume à plusieurs reprises. Sans réponse, il monta l'escalier, ouvrit la porte du bureau et découvrit, stupéfait, mon frère gisant au sol, le visage ensanglanté, un révolver Luger à la main. Posée à côté de son corps sans vie, une lettre signée *Guillaume* avec ces mots griffonnés, *Bien chers tous, je ne supporte plus la vie. Pardonnez-moi.* Mon père prévint la gendarmerie, celle-ci après les constatations d'usage, en particulier la présence de résidus de poudre sur sa main droite, conclut au suicide puis fit enlever le corps. Dan revint de Paris pour assister aux obsèques. L'inhumation eut lieu les jours suivants dans le cimetière du village en présence des employés et des notables. Dans ce contexte particulier, on s'interroge. Et la première question inévitable devant ce type d'événement, tu la devines : comment se fait-il que je n'aie rien vu venir ? J'observais attentivement ma mère, peu d'émoi sur son visage, comme d'habitude. Elle paraissait indifférente comme si ce malheur était inéluctable et étranger à son univers. Une profonde tristesse nous envahit. Tous les proches de Guillaume avaient bien évidemment leur idée sur ce suicide. Les mots de dépression, fatigue, solitude revenaient le plus souvent dans leurs conversations… Mon père prit donc la direction de l'usine qu'il confia rapidement au plus proche collaborateur de mon frère. Je trouvais quant à moi la consolation dans la présence et l'amour de Dan. L'automne, avec son cortège de pluie et de grisaille, entreprit de chasser l'été. J'avais repris le chemin de l'école tandis que mon Amour passait la moitié de son temps à Paris. Il s'employait au sein du laboratoire à tester la résistance de certains matériaux face à des rayonnements.

Et c'est ainsi que 1946 ouvrit la porte à 1947. »

17
Un monde nouveau

Camille a beaucoup parlé et des traces de fatigue assombrissent son visage.

« Tant d'événements, tant d'émotions en si peu de temps ! Tout cela vous a-t-il déstabilisée ?

— Ces traumatismes, survenant alors que je m'attendais à vivre enfin quelques joies, ont effectivement entamé mon équilibre. La détermination de Dan, sa façon de dédramatiser le quotidien, son comportement à mon égard ont vraiment contribué à la guérison de mes blessures.

— Je reviens demain ?

— Voilà une sage proposition », acquiesce la narratrice.

Elles se lèvent dans le même mouvement, s'embrassent et Charlotte reprend le chemin de la Bastide. Elle pressent un dénouement… dramatique. François absent pour deux jours et Philippe invité par les parents de Maéva, ce sera un dîner entre mère et fille. Marianne, toujours à l'affût de nouvelles recettes, l'attend de pied ferme en cuisine.

« Comme d'habitude, j'ai encore perdu face à la machine mais de peu cette fois ! Et toi ? Raconte-moi.

Charlotte lui dépeint son entretien ajoutant :

— J'ai un curieux pressentiment concernant la fin de cette histoire…

Marianne détourne la conversation vers le menu.

— Bon, ce soir les hommes sont absents, donc c'est tarte aux légumes du soleil.

— Et pour dessert ?

— Devine… Sabayon aux fruits de l'été.

— Super ! Bon, j'envoie un texto à David et je te rejoins.

— Je lui souhaite bon courage et envoie-lui une bise de ma part. »

Les deux pouces de sa fille s'activent rapidement sur l'écran de son smartphone. De New York la réponse de David est quasi immédiate. *Hello, ma Charlotte, j'ai un super plâtre qui monte jusqu'au genou et deux béquilles pour marcher. Dans huit jours retour en avion pour Paris. Je m'ennuie de toi +++ Kiss.* Charlotte consacre la fin de la soirée à son passe-temps favori pour décompresser, la rêverie. Elle ne tarde pas à s'endormir sur le canapé du salon, sa mère est plongée dans la lecture. Vers vingt-trois heures, Philippe les tire de leur royaume par une bise affectueuse sur leur front.

Pendant que le soleil vole la vedette à la lune et propose une journée éclatante de lumière aux habitants de cette France des traditions, les occupants de la Bastide se lèvent. François s'est entretenu au téléphone avec Marianne lui racontant brièvement sa rencontre de travail avec la Garde des Sceaux. Il rentrera tard ce soir.

Comme depuis plusieurs semaines, la jeune journaliste se présente vers quatorze heures quinze aux Fleurs Bleues, avide de connaître la suite de la saga… Cette dame, exemplaire à ses

yeux, relève la tête pour lui offrir son plus beau sourire.
« Bonjour, Camille, comment allez-vous ?

— Tout est bien ! Je viens de recevoir un appel de ma petite nièce, elle respire le bonheur. Ça me fait tellement plaisir de la savoir amoureuse. Et toi ? Es-tu prête ?

Sans attendre de réponse, elle démarre sur les chapeaux de roues.

Nous étions donc en 1947, année marquée par plusieurs événements pour notre vie. Tout d'abord, le téléphone fut installé, un certain luxe pour l'époque, j'en conviens. Si tu cherches bien, tu devrais trouver le premier combiné dormant dans le grenier. Rester en contact, quand Dan se trouvait à Paris ou ailleurs, c'était primordial pour nous. Son engagement professionnel lui offrait des opportunités de rencontres, en France comme à l'étranger. Il fut invité en Grande-Bretagne, en Suisse et en Tchécoslovaquie. Il profitait de ses voyages pour contacter les organisations sionistes, son espoir dans la construction de ce nouvel État suivait l'évolution de la situation au Levant. Je me retrouvais donc souvent seule dans cette demeure sans rires d'enfants… J'ai bien longtemps considéré, peut-être à tort, ma stérilité comme une punition et je me révoltais vainement. Mais personne ne peut répondre à ce problème. Mon soleil intérieur ne s'éveillait qu'au retour de mon Amour. J'étais si heureuse et si fière de sa réussite. Notre vie avait en conséquence évolué. En deux ans, il avait pris son envol poursuivant, d'un côté, ses recherches et, de l'autre, son rêve d'un État libre. Bien que n'ayant moi-même aucune fonction dans cette conjoncture, il me tenait informée de chaque nouvel événement. Je l'ai accompagné dans plusieurs voyages en

Europe, visitant les lieux de culture pendant ses rendez-vous. Pour résumer, notre vie de couple avait trouvé son équilibre.

La santé de ma mère déclinait, mon père passait beaucoup de temps avec elle. Il travaillait également beaucoup trop ! Outre la gestion de son affaire, il supervisait celle de mon frère, heureusement soutenu par mon beau-frère Georges. Jeanne attendait d'ailleurs leur premier enfant. De mon côté, les relations personnelles que j'entretenais avec ma mère ne connaissaient pas d'embellie… Inconsciemment, j'imagine, elle me reprochait mes choix de vie. Introduire dans notre famille un Juif constituait déjà une entorse à l'orthodoxie de son éducation catholique ! Que dire de notre vie de couple ? Excentrique ?

Charlotte ne peut réprimer un sourire d'assentiment, ils étaient en avance sur leur temps ! Quelques décennies plus tard, leur mode de vie apparaît plutôt banal. Mais un sérieux inhabituel fige les traits de Camille.

Puis il y eut ce dimanche de septembre 1947 ! Dan effectuait alors un séjour à Londres, j'avais accepté l'invitation après la messe. Le visage fatigué, mon père paraissait et vieilli et préoccupé. Après le déjeuner et les sempiternelles questions sur l'avenir de notre couple, renvoyées sine die, ma mère quitta la table. Je l'accompagnai dans sa chambre, je posai une couverture sur elle et un baiser sur son front. Elle sourit et ferma les yeux. Je servis le café à mon père et attendis en silence qu'il se décidât à entamer la conversation. *Viens, j'ai quelque chose à te montrer*. Curieuse et inquiète à la fois, je le suivis dans son bureau dont il ferma la porte, après s'être assuré que sa compagne était assoupie dans leur chambre. Il m'invita à m'asseoir en face de lui, ouvrit le tiroir et en sortit une enveloppe. C'était là un cérémonial bien inhabituel ! *Avant de lire cette lettre, je veux que tu me PROMETTES de ne JAMAIS en parler à qui que ce soit ! SURTOUT PAS DEVANT TON COMPAGNON, surtout pas devant lui !* répéta-t-il d'une voix sourde qu'il voulait dure et péremptoire. Au fur et à mesure qu'il s'exprimait, son visage se durcissait et ses mâchoires crispées semblaient vouloir retenir ses propos, des mots qu'il aurait voulu ne jamais prononcer. *Après ta lecture, nous la détruirons.* Il me présenta le document extrait de son enveloppe. Je reconnus immédiatement l'écriture de Guillaume. Mais de quoi était-il donc question ? Encore une lettre ? Pour quoi faire ? *Lis !* poursuivit mon père, *lis seulement.* Je dépliai le courrier et lus ces lignes qui sont à jamais restées gravées dans ma mémoire. Et, les yeux fermés, ses mains paraissant tenir ce brûlot, elle *relisait* avec amertume et dégoût :

Père,

Je vais mourir bientôt. Non pas en héros comme tu l'aurais espéré ou comme Bernard, le feu mari de Camille, en défendant la patrie.

Je vais mourir de mes mains avec un pistolet allemand volé sur le corps sans vie d'un soldat de la Wehrmacht.

Je vais mourir en lâche parce que je le mérite.

Je vais mourir parce que j'ai trahi la confiance de Ruben, mon ami juif que j'ai caché avec sa famille. Je les ai livrés aux mains des bourreaux de la Gestapo, qui les ont ensuite envoyés à Auschwitz, parce que dans ma folie et dans ma haine je voulais être le seul bénéficiaire de notre travail commun.

Je vais m'ôter la vie.

Prends soin de toi, de Maman et de mes sœurs.

Que Dieu me pardonne !

Guillaume

Pour la première fois, Charlotte comprend combien un effort de mémoire exige courage et détermination. Devant sa jeune confidente, étrangère à la famille, elle a osé.

Une fois la lecture terminée, je laissai tomber le courrier, anéantie. Ma tête me faisait mal, mon être entier souffrait. Je sortis précipitamment du bureau et me dirigeai vers les toilettes où je vomis ce mal qui envahissait mon corps. Après m'être lavé le visage pour effacer l'esprit de tristesse et de cupidité qui avait manipulé mon frère, je regagnai le bureau. Mon père était assis là, accablé de tristesse, visage figé, mains posées sur son maroquin en cuir. Comme j'avais envie de briser ces chaînes de malheur ! Je me sentais trahie. Trahie et vraiment salie, parce que Guillaume, mon frère aîné bien-aimé, avait piétiné nos valeurs ! Finalement, sa mort m'était devenue bien légitime. Alors, j'ai aidé mon père à se redresser puis, dans un geste de salut public, nous nous sommes approchés de la cheminée pour enflammer et la lettre et l'enveloppe puis le tout fut jeté au fond de l'âtre. Nous quittâmes amers le bureau.

Cet événement allait bouleverser de façon inconsciente et irrémédiable mon futur avec Dan. Je détenais à présent un secret dont je ne briserais le serment qu'au décès de mes parents. Je n'en parlerais jamais à Dan. »

Un silence de plomb a soudainement envahi le petit salon. Camille, les mains jointes, quémande bienveillance à son égard, comme un pardon, pour un crime qu'elle n'avait pas commis. Cette souillure pesait encore sur son cœur meurtri. La jeune étudiante ne met pas longtemps à intervenir. Elle n'est pas fille de magistrat pour rien. Tout en saisissant la main de la vieille dame, elle la fixe droit dans les yeux et déclare : « Chère Camille, vous venez de partager avec moi une souffrance pour laquelle je ne puis, malheureusement, vous apporter aucune consolation, mais il faut vraiment bannir la peur de vos pensées. Vous n'êtes en rien responsable des actes délictueux d'autrui.

— Bien sûr, tout cela, je le sais, ma chère Petite. Mais, parfois, dans la solitude de ma vie, cet événement revient m'empoisonner.

Comme pour ajouter à la dramaturgie, le ciel s'assombrit et un orage d'une vigueur incomparable s'abat du ciel. Vêtue d'un blouson léger, Charlotte comprend vite qu'il faut appeler son frère à la rescousse.

— Voulez-vous que nous fassions une pause ? s'inquiète la jeune étudiante.

— Non… je veux continuer… et en finir avec 1947.

— Alors, je reste à votre écoute.

— Un matin d'octobre 1947 à mon retour de l'école, je trouvai mon bien-aimé faisant les quatre cents pas dans le salon. Il s'avança vers moi et partagea un baiser. Tendu, préoccupé, il s'installa devant la porte-fenêtre et me raconta sa conversation téléphonique avec le responsable de l'Agence juive ; la situation au Moyen-Orient se dégradait chaque jour. Personne ne savait où allaient mener l'engrenage de la violence et l'augmentation des incidents sanglants intercommunautaires. La puissance occupante peinait à faire régner le calme. Le 29 novembre, il demeura éveillé la nuit entière pour suivre à la radio les débats et le vote aux Nations Unies sur la partition de la région en deux États. Il me réveilla pour me faire part de sa joie, tout simplement.

Bien que partageant avec lui ce communiqué, je m'interrogeais sur la suite des événements. Et notre vie dans tout ça ? Car notre histoire venait de croiser l'Histoire avec un grand H ! »

Comme un intermède, Philippe fait son apparition et salue Camille chaleureusement. Avec son inusable vivacité, elle l'invite à prendre place sur un fauteuil en face d'elle. « Alors ? Comment vas-tu ? Et, sans attendre de réponse, elle ajoute avec une mimique malicieuse, prends bien soin de ma petite Maéva !

— Ça, je vous le promets ! affirme l'amoureux.

— Ah ! Où en suis-je, Charlotte ?

— Au vote sur la partition.

— De retour à Paris, mon nouvel universitaire fut contacté par un collègue tchèque, ce dernier l'exhortait à présenter ses recherches à l'université de Prague. Le soir, au cours de notre appel téléphonique, il m'informa de l'invitation reçue et de son départ pour une semaine en Europe de l'Est où la situation politique n'était pas stable. Tout cela était bien étrange pour moi, malgré ses explications… Cependant, notre amour ne souffrait pas de cette actualité, nous vivions dans deux mondes différents. À Paris, il faisait de la recherche scientifique et, profitant de sa notoriété récente pour influencer le monde politique, il participait à la création du pays de ses rêves au travers de ses rencontres internationales. Moi, ici, je participais à la l'éducation d'une génération sans manquer de soutenir mes parents par ma tendresse. Un riche industriel nous invita à participer au réveillon du 31 décembre 1947. Au milieu des paillettes et de la musique, nous fîmes, sans trop y croire, des vœux pour la naissance d'un monde meilleur. Dan était fier de me présenter à l'élite parisienne. Ses yeux brillaient d'une lumière empreinte de plénitude quand il posait son regard sur moi. C'est ainsi que l'année 1947 céda sa place à 1948.

1948…

Marquant un temps d'arrêt dans le plan-séquence de sa vie, la vieille dame observe par la baie vitrée la pluie tomber en ce mois d'été. Assis en face d'elle, deux étudiants, un futur médecin et une probable chercheuse en physique, attendent la suite. Quand on a moins de trente ans, on a parfois envie de connaître la vie du temps passé. L'atmosphère s'étant rafraîchie, Camille a légèrement frissonné, Philippe régule la climatisation.

Lors de notre retour en train jusqu'à Vichy, dans un compartiment de première classe, il me glissa à l'oreille : *Ahouvi, mon Amour, ne te fais pas de soucis, je t'aime.* En février, mon père s'affaiblissait, il montait avec difficulté les marches de leur habitation. Notre médecin l'encouragea à modérer son activité, ce qu'il fit de bonne grâce. Ce matin du 25 février, une vague de froid sévissait alors sur la France, une violente douleur au niveau de la poitrine l'oppressa. Courageux, il descendit l'escalier… pour s'écrouler dans la cuisine, foudroyé par une crise cardiaque, selon les dires de notre mère. Affolée, elle contacta ma sœur qui nous informa de suite. Les secours échouèrent dans leur tentative de réanimation. Ce jour-là, Dan travaillait à la Bastide, nous nous précipitâmes. À notre arrivée, nous trouvâmes mon père couché sur son lit de mort, le visage apaisé. Je venais de perdre l'être le plus fantastique, le plus extraordinaire, celui qui nous avait protégés, encouragés, inspirés depuis notre plus jeune âge. À cette occasion, je vis mon compagnon s'associer à mon chagrin, il se souvenait avec respect de leur complicité devant l'ennemi. Il bénéficia d'obsèques quasi nationales et tous ceux qu'on classait dans la catégorie notables et personnalités souhaitaient l'honorer, lui exprimer leur gratitude devant l'œuvre accomplie dans la région, avant et pendant le dernier conflit. Encore une fois, je trouvais le réconfort et la paix auprès de l'Amour de ma vie. Notre destin allait cependant connaître un tournant et il fallait s'attendre à des bouleversements importants. D'abord, désigner rapidement un successeur à la direction des deux entreprises, Georges l'époux de ma sœur était le mieux placé, et ensuite, prendre soin de notre mère.

Se partageant entre ses recherches fondamentales et ses interventions dans les universités étrangères, Dan s'absentait de plus en plus souvent. Dans notre foyer… sans cris d'enfants… chaque sonnerie de téléphone, le soir à partir de vingt et une heures, me faisait sursauter, puis il m'offrait de partager sa vie et ses multiples projets.

Mars 1948 apporta son lot de bonnes et mauvaises nouvelles venues du monde entier. Au printemps, le soleil inondait notre chambre d'une douce lumière. Dan passa une semaine à travailler sur la planification de ses recherches. Ce fut l'occasion de faire de longues marches dans la campagne environnante. Ces balades, main dans la main, nous permettaient de rêver des projets. Alors il se confia : *Ahouvi, mon Amour, bientôt un nouveau pays naîtra là-bas au Moyen-Orient, personne ne connaît réellement ce qui se passera après. Mais une chose est sûre, nous ne vivrons plus jamais à genoux. Peut-être serai-je amené à me déplacer jusqu'en zone soviétique. Je ne veux pas que tu t'inquiètes si tu n'as pas régulièrement de mes nouvelles.* Alors balbutiante, je le rassurais et lui disais que je lui faisais confiance et ne voulais pas le perdre. Mais en vérité (il me faut bien l'admettre) j'avais peur, peur de la tournure des événements. La physique, sa notoriété nouvelle, ce nouveau pays, tous ses engagements deviendraient-ils sournoisement mes rivaux ?

Le 14 mai 1948 arriva plus vite que je ne pouvais le penser. Préférant suivre cet événement avec une partie du monde politique, il m'appela depuis Paris, vers douze heures trente comme convenu, pour prendre de mes nouvelles avant mon retour à l'école. Tout excité, et d'une voix rapide et sonore, il s'enthousiasmait de vivre l'histoire avec un grand H. *Ahouvi, mon Amour, nous vivons un événement EXTRAORDINAIRE, le peuple juif l'attend depuis 2000 ans ! Nous allons enfin participer, depuis bien longtemps et avec nos moyens, si modestes soient-ils, à l'évolution du monde. Je t'aime, je t'aime et je pense tellement fort à tous ceux qui m'ont aimé, au près comme au loin. Prends soin de toi, à ce soir !* Et moi de lui souffler, avant de raccrocher, *Je t'aime !* Le soir, il me raconta par le menu cette folle journée telle qu'il l'avait vécue au travers du récit d'amis de Tel-Aviv. Il arriva le lendemain. Heureux pour tous ceux qui, miraculeusement sortis vivants des camps d'extermination, se voyaient offrir un projet de vie et non de malheur. Une oreille dirigée vers le poste de radio en quête d'informations nouvelles tandis qu'il posait sa tête sur ma poitrine, il y resta de longues minutes, les yeux fermés, savourant ce bonheur. Il chuchota soudain doucement à mon intention : *Je voyais défiler ma vie depuis ce mois de juillet 1942 où, fuyant la barbarie, tu m'as non seulement sauvé la vie mais également offert ton amour.*

Voyez-vous, mes enfants, malgré notre jeune âge, la vie avait l'air d'un train fou qui accélère au fur et à mesure de sa route. La guerre était derrière nous et plus personne ne se souciait des rescapés des camps, ni des blessés, ni des traumatisés. Il fallait reconstruire le pays. »

Philippe réfléchit à ce que Camille revit en direct, son existence intimement mêlée à l'Histoire avec un grand H. Une façon de montrer que leurs trajectoires individuelles n'avaient pas nui à leur équilibre. Sa pensée première s'envole vers Maéva et leur futur commun. Sa sœur cadette s'attache à relier les passages de ce récit à ce qu'elle avait entendu ou lu de sérieux.

« Aviez-vous pensé à vous marier ?

— Oui. Mon Dan me l'avait proposé dès l'annonce de ma grossesse afin de nous protéger, moi et l'enfant à naître. Il ne changea pas d'avis après ma fausse-couche, c'est plutôt moi qui ai délaissé ce projet.

Pendant les vacances d'été en 1951, nous avons visité Israël. Ce pays en devenir essayait de se doter d'institutions suivant le modèle occidental. Il lui fallait aussi absorber des centaines de milliers d'immigrants. Nous fûmes accueillis, avec chaleur je dois dire, par l'équipe de l'Institut de recherche. On nous offrit le logement, en contrepartie Dan travailla dans le laboratoire de physique et moi, dans un jardin d'enfants. Malgré leurs qualités humaines, leur sympathie, leur désir de construire une société nouvelle, je ne me sentais pas… bien à ma place dans ce milieu. J'ai juste gardé contact avec une jeune femme de mon âge, nous avions partagé la même souffrance, celle d'avoir perdu un bébé. En réalité, face au changement de vie prévisible, ça bloquait au plus profond de mon être. Bien sûr, j'aimais mon homme passionnément. Il représentait tout ce que je pouvais espérer de l'existence sur le plan des sentiments et je vivais heureuse à ses côtés, sans pouvoir malheureusement lui donner un héritier. Mais je ne pouvais abandonner ma famille, mon pays ainsi que mon environnement proche. J'aurais eu l'impression de fuir mes responsabilités. Un élément sensible encombrait ma vie, me plongeant dans un profond désespoir et nourrissant un sentiment intense de culpabilité, je veux parler de l'épisode où la folie meurtrière de mon frère était entrée en action. Je savais bien que je n'étais coupable en rien dans ce drame et que mon comportement pendant la guerre aurait pu être considéré comme honorable. Ce fugitif, que j'avais accepté de cacher et d'aider à s'enfuir, constituait la preuve irréfutable d'une attitude bienveillante à l'égard du peuple juif. Cependant, l'angoisse prenait parfois le contrôle de mon être surtout lorsque je me retrouvais seule… »

Camille a ralenti son débit jusqu'à se taire. Son visage est apaisé malgré la charge émotionnelle générée par le retour sur des traumatismes difficiles à élaborer. Les trois amis s'observent sans mot dire. Le jeune homme ne souhaitant pas intervenir, envoie à sa sœur un signal non verbal pour lui demander de gérer la situation. « Chère Camille, que s'est-il passé par la suite ? » intervient la future physicienne.

« Sur le bateau de retour vers Marseille, me sentant soucieuse, Dan s'approcha de moi et me souffla à l'oreille comme un serment ou un secret à ne partager avec personne. : *Ahouvi, mon Amour, je sais qu'il te serait difficile de quitter ce qui a fait ta vie pour immigrer vers un pays dont tu ignores la langue et les coutumes. Je ne te demande pas de rompre avec tes racines. Nous avons eu pendant notre séjour une discussion avec le directeur de l'Institut et nous avons décidé que, pour le bien de tous, je continuerai mes recherches en France et en Europe tout en étant officiellement associé à cette entité. Nous entrons dans un monde, plus moderne, où les moyens de déplacement et de communication permettront de voyager et d'échanger plus efficacement pour, in fine, faire progresser la connaissance.* Je lui suis toujours reconnaissante d'avoir compris mon dilemme. Je me blottis dans ses bras en l'assurant simplement de mon amour.

Ainsi Dan a vécu, un temps à Paris ou en Europe pour ses recherches, un temps à Haïfa et un temps près de moi. Je l'accompagnais lors des vacances scolaires découvrant les richesses des villes européennes de l'Ouest comme Rome, Amsterdam, Londres ou Bruxelles.

Camille, relevant alors les épaules, prend une profonde respiration. Mais les mots peinent à sortir.

En 1972… mon ciel s'assombrit définitivement… Le 30 mai… il venait de passer le contrôle de police à l'aéroport de Lod, il rejoignait la file de taxis… des tirs… une fusillade éclata faisant vingt-six victimes, parmi elles le professeur Dan J…

Johan, le médecin, son vieil ami, son compagnon d'aventure, me prévint et organisa ce sinistre voyage. Dan reçut les honneurs des membres de l'Institut de Haïfa, des officiels et du corps professoral venus de Paris. C'est également Johan qui prononça l'éloge funèbre en anglais soulignant une personnalité éminente, intelligente et talentueuse. Contre toute attente, il s'adressa à moi me remerciant d'avoir accompli un acte héroïque en le sauvant de la mort au péril de ma vie. Sa nouvelle épouse Chira me soutint pendant ces moments. Dan repose aujourd'hui au mont Herzl.

Depuis ce terrible jour, mon cœur, irrémédiablement blessé, s'est refermé sur nos souvenirs. Son visage, ses dernières paroles et nos projets de vie ou de voyages ont élu domicile dans ma mémoire. Les photos me racontent à leur façon notre vie. Je veille à conserver intact le bracelet de sa grand-mère. Quand le temps est gris, ou s'il fait froid dehors, et que le spleen soudain assombrit mon décor, alors je me réfugie dans notre univers. Je reçois, de temps à autre, des nouvelles de Johan et de son épouse m'invitant à leur rendre visite. À Paris, le responsable de l'Agence juive, ainsi que son épouse, m'adresse leurs vœux et leur amitié chaque nouvelle année. Chacun d'entre eux me rappelle ainsi avec tendresse que j'ai aimé un homme d'un peuple différent du mien.

Après la chute du mur de Berlin et dans le cadre des échanges culturels, j'ai visité la Pologne dans l'espoir de découvrir qui était sa famille. À l'université de Varsovie, les travaux du Professeur Samuel J. sont mentionnés dans un document. Personne ne sait ce que sont devenus les grands-parents de Dan ainsi que les membres de sa communauté.

Tout en protégeant dans ses bras les carnets et souvenirs du temps passé, Camille, d'une voix apaisée et assurée, déclare aux deux jeunes gens : j'ai vécu une magnifique histoire d'amour avec un inconnu à qui j'ai évité de connaître une mort certaine en cet été 1942. Je ne regrette rien, rien, sauf de n'avoir pu nous donner un enfant. Philippe, prends soin de Maéva et toi, Charlotte, viens me voir avec David ! »

Sur la table, une photo représentant deux amoureux enlacés renvoie Charlotte à son propre vécu, elle s'abstient de faire le moindre commentaire.

Le mot FIN venait d'apparaître au générique du film.

Frère et sœur se lèvent dans le même mouvement, s'approchent de Camille et, l'entourant de leurs bras liés, déposent sur ses joues inondées de larmes un tendre baiser. Cette dernière leur envoie un signe de la main quand ils se retournent. Leur univers vient de s'enrichir d'une nouvelle amie.

Charlotte, compte tenu de la menace de pluie, profite de la voiture pour retourner à la Bastide. Sur la route, elle commence à élaborer des projets comme toute jeune étudiante amoureuse… comme elle l'est de David. De fil en aiguille, des stratégies germent dans son esprit. Ce qu'elle a appris de la belle octogénaire aura des conséquences… Dans le secret de son être, elle écrit le scénario d'un futur espéré. Dans la première scène, elle se propose d'avoir une conversation *sérieuse* avec son boy-friend puis partagera, à son tour, l'histoire de la vieille dame. Les notes accumulées lui offrent la matière pour un récit criant de vérité… Philippe, de son côté, casque sur la tête et blouson ajusté, enfourche le scooter en direction de la maison familiale. Le drame vécu par Camille, les rencontres avec de nouveaux amis, et surtout l'accident de l'objet de ses désirs, ont suscité en lui la farouche volonté de mettre tout en œuvre pour qu'il puisse vivre, autant que faire se peut, un DEMAIN SANS TÉNÈBRES !

Remerciements

J'adresse mes sincères remerciements :

– À mon épouse Suzanne Danielle pour son investissement en recherches bibliographiques ;

– À Chantal K. pour ses encouragements et conseils avisés ;

– À Giulia A. pour ses observations et analyses pertinentes ;

– À Cédric Desforges pour la photo de couverture prise pendant ses compépétions de Trail.